ゼロの使い魔 外伝

タバサの冒険

ヤマグチノボル

MF文庫 J

口絵・本文イラスト●兎塚エイジ

第一話　タバサと翼竜人

青い鱗《うろこ》のシルフィードは主人を乗せ、空を飛んでいた。鱗の青より鮮やかな空の向こう、二つの月がうっすらと白く輝いている。白の月は透き通るほどに白く、赤の月はうっすらと赤みを残すのみ。高空だからこそ見える、幻想的な光景であった。

きゅるきゅる。

シルフィードは鼻を鳴らした。おなかがすいたのである。

でも、本を読んでいるときに邪魔をしたら、主人の機嫌を損ねてしまう。どうしようかな、と悩んで、シルフィードは横目で主人たる少女を眺めた。

シルフィードの頭頂部からちょっと下がった首の部分に跨《また》がり、背びれを背もたれにして、青く短い髪を風になびかせ、少女は悠然と本を広げている。

今年で十五になるのだが、年より二つも三つも幼く見えてしまう体つき。十二のときに、伸びることをやめたかのようであった。

眼鏡《めがね》の奥の青い瞳《ひとみ》は、冷たく透き通り感情を窺《うかが》わせない。本に夢中になっているのか、することがなくてただページをめくっているのか、それすらも判読できないほどの無表情。

しかし、その横顔は冷たいながらも静謐《せいひつ》な泉のような美しさをたたえていた。澄みきった、透明な、冬の風にも似た冷たい空気が、少女のあどけない顔つきに一抹《いちまつ》の大人《おとな》びた雰囲気をまとわせている。

シルフィードの大切な御主人様、タバサであった。

ぐー、とシルフィードのおなかが鳴った。

ああ、もう我慢できない！　怒られるけど、気にしない！　シルフィもう気にしない！　と小さくつぶやいたあと、シルフィードは主人に要求を開始した。

「おなかがすいた。おなかがすいた。おなかがすいた」

タバサはページから顔をそらし、己の跨った幻獣の顔を見つめた。主人の注目が自分に向いたことに気づいたシルフィードは、嬉《うれ》しそうに鼻を鳴らす。

「ふがふが。やっとお姉さまの顔が動いたわ。シルフィードの顔を見てくだすったわ」

シルフィードは、主人のタバサを『お姉さま』と呼んでいた。

なんでかというとシルフィードは一人っ子だったからだ。トリステイン魔法学院の『召喚の儀』の際にこの少女に呼び寄せられたとき、これ幸いとお姉さまと呼ぶことにした。姉ができたような、そんな気分だったのである。

そんな単純な性格のシルフィードはタバサの注意が自分に向いたことが嬉しくって、おなかがすいていることを忘れてしまった。タバサと会話を楽しむべく、おしゃべりを開始した。

「お姉さま、今日もすっごくかわいい。わたし嬉しい！」

シルフィードの見た目は体長六メイルほどの風竜……、である。

鱗は透き通るように青く美しく、光を反射してきらきら光る。

翼を広げると体長より長い。その大きな翼を力強く羽ばたかせて空をゆく。はてさて、姿形はどう見てもただの風竜である。

しかし、普通、竜はしゃべらない。

竜の知能は、幻獣のなかでは優秀な部類に入るが、人の言葉を操るほどではない。

「今日もすっごくいい天気！　お姉さまはどう思う？」

それなのにシルフィードはのどを震わせ、可愛《かわい》い響きの人語をぺらぺらとその口から発しているのだった。

豊かな知識を携えた賢者なら、シルフィードの正体に気づくであろう。

伝説の闇《やみ》に消えたとされている、種族の名前にたどり着くであろう。

そんな賢者の一人が記した一冊の書物を、タバサはひらいていた。そのタイトルにはこう書かれている。

『幻の古代知性生物たち〜韻竜《いんりゅう》の眷属《けんぞく》』

「お姉さま、何を読んでるの？」

顔に似合わぬ可愛らしい響きの声で、シルフィードがたずねる。

「あなたたちの種族について書かれた本」

ほとんど抑揚のない声で、タバサが答えた。

「嬉《うれ》しいわ。お姉さまは、やっぱりわたしに興味がしんしんなのね」

「別に。たまたま」

「たまたまでも嬉しいわ。ねえお姉さま、覚えてる？　お姉さまがわたしを呼び寄せた日のこと」

「覚えてる」

それがどうしたと言わんばかりの冷たさで、タバサが応じる。

「わたしも覚えてますわ！　その日お姉さまはわたしに名前をくだすったわ！　素敵な名前！　シルフィード！　にんげんたちの名前！」

きゅいきゅい、と嬉しそうにシルフィードはわめいた。

「人間の名前じゃない」

「そうでしたわ！　風の妖精《ようせい》の名前！　大昔の妖精！　きゅいきゅい！」

シルフィードは嬉しくて首を振った。大きくタバサの体も揺れたが、まったくタバサは動じない。驚くほどのバランス感覚であった。

「竜たちの名前では〝イルククゥ〟。そよ風って意味ですわ！　にんげんたちの名前では〝シルフィード〟。わたし、名前が二つありますわ！　お姉さまといっしょ！　きゅいきゅい！」

タバサは再び本に目を戻した。シルフィードは言葉を続ける。

「そうそう！　お姉さまはわたしを呼び寄せたのに、あの桃色の髪した女の子ときたら！　人間の男の子を呼び寄せてた！　驚いちゃった！　みっともない！　笑っちゃった！」

しかしもうタバサは話にのってこない。もう！　とシルフィードは悲しくなった。そこで自分が空腹だったことを思い出す。

「おなかがすいた。ごはんまだ？　ごはんまだ？」

そのように人語を操るシルフィードはただの風竜ではない。

風の古代竜、失われつつある伝説の風韻竜《ふういんりゅう》の一匹……、ひっそりと人の目の触れぬ山や森の奥で暮らす伝説の生き物なのであった。

韻竜は人語を解するほどに知能が高いだけに、成長に時間を要する。鱗《うろこ》の年輪から推測して、おおよそ二百年は生きているだろうこの風韻竜は、人間の年に直すとまだ十歳ぐらい。

だが、子供とはいえ油断はできない。

韻竜の眷属《けんぞく》は、人間以上の知能を誇り、言語感覚に優れ、『先住の魔法』を操り、大空を高速で飛翔《ひしょう》してブレスを吐く、なんともはや強力な幻獣なのだ。

タバサは、そんな風韻竜のシルフィードをサモン・サーヴァントでこの世界のどこからか引き当て、使い魔として契約したのだった。それだけでもこの主人の魔法の才能が窺《うかが》えようというもの。

シルフィードは、そんな強力な魔法使いであるタバサにぞっこんほれ込んでいた。

「おなかすいたの。おなかすいたのーのーの」

「うるさい」

「言わないと、お姉さますぐにわたしのごはんを忘れるもの。だからたくさん言うの。おなかすいた。おなかすいた」

ぎゃあぎゃあと鳴き声混じりにシルフィードは抗議の声をあげ続ける。

「ついたらご飯にする」

「ほんと？　ほんと？」

「約束する」

「うれしいな。うれしいな。おなかいっぱい食べる。おにく食べる。るる。るーるる」

シルフィードは歌いだした。大量の呼吸量のおかげで、風切り音にも負けないぐらいの大音量だ。タバサはぺしぺしと杖《つえ》で頭を叩《たた》く。

「いたい。いたい。いたいよう」

「だからうるさい」

「黙るよう、もう。ところでお姉さま、馬車でなくわたしの背中で向かうってことは、お屋敷じゃなくお城に向かうの？」

タバサは頷《うなず》いた。

シルフィードはせつなくなった。お城は嫌いである。

「お城やだなあ。ねえ、どうしてほかの人の前では口をきいちゃいけないの？」

「面倒」

小さくタバサは答えた。韻竜は絶滅したとされている。シルフィードの正体がバレたら、トリステインのアカデミーやガリアの王室が、『実験に使うからよこせ』などと言ってくるかもしれない。だからタバサはシルフィードに、その姿のまま、他人の前で口を開くことを許さない。

「お城やだ。しゃべれないからお城やだ。しゃべれないとつまんない！」

ぽつんと、タバサは遠くを見るような目をして言った。

「我慢して」

シルフィードは、そんなタバサの様子に凍るような空気を感じて黙った。ちらっと主人の顔を盗み見る。

いつもの無表情。

不機嫌なときも、普通のときも、食事のときも、怒っているときも、タバサは無表情。嬉《うれ》しいときも（そんなときがあるのかどうかわからなかったが）、たぶん無表情。

シルフィードはタバサの笑みというものを、見たことがない。

二つ名の〝雪風〟に凍らされたかのように、タバサの表情は動かない。

その顔に太陽のような笑みを浮かべさせてあげたいな、とシルフィードはいつも思う。

でも、どうすればいいのかわからない。ちょっとせつなくなってきて、きゅいきゅいとシルフィードは鳴いた。


ガリアの王都リュティスは、隣国トリステインの国境から、おおよそ千リーグ離れた内陸部に位置している、人口三十万を誇るハルケギニア最大の都市であった。

その東の端には、ガリア王家の人々が暮らす巨大で壮麗《そうれい》な宮殿、ヴェルサルテイルが位置している。かつては森だったここを開き、美しく偉大な荘園を造り上げたのは、先々代の王、ロベスピエール三世。現在の主《あるじ》である王ジョゼフ一世は、その中心、グラン・トロワと呼ばれる青色の大理石で組まれた建物で政治の杖《つえ》を振っている。

そのグラン・トロワから離れた、プチ・トロワと呼ばれる薄桃色の小宮殿の中で、一人の少女が大きなあくびをした。

「ふわぁあああああああああ」

年のころは十七ぐらいだろうか。細い目に、その瞳《ひとみ》の色と同じ、青みがかった珍しい髪の色。その色は、ガリア王家の血をひいていることを見た目にわかりやすく他人に伝える効果を持っている。肩までのばされた青髪は丁寧にすかれ、絹の糸のように柔らかくさらさらとそよいだ。大きく豪華な冠によって前髪が持ち上げられ、滑らかな額が覗《のぞ》いている。苦労を知らぬ唇はぽってりと艶《なま》めかしいつやを放っていた。

紅で真っ赤に彩られたその唇を、少女は舌でぬぐった。その下品で粗野なしぐさが、顔立ちの持つ高貴さと品のよさを一瞬で台無しにしてしまう。

ジョゼフ王の娘、ガリア王国王女イザベラであった。

イザベラは気だるそうに寝そべったまま、ベッドの隣に垂れ下がった紐《ひも》を引っ張った。

三人組の侍女が、居室に飛び込んでくる。

「お呼びでございますか？　殿下」

「退屈よ」

「ゲームのお相手でもいたしましょうか？」

「シャッフル？　ホイスト？　カードにはうんざりだわ」

「では、サイコロ遊びなどは……」

「下々の遊びじゃない。王女の遊びではないわ」

「気晴らしに狩りなどはいかがでございましょうか？　ピエルフォンの森に、鹿を放ったと犬猟頭のサン・シモンさまより報告がありました」

「外に出たくないの」

困ったように侍女たちは顔を見合わせる。イザベラはイライラが募った顔でまくしたてた。

「まったく、父上もひどいわ！　わたしだって王家のお役に立ちたいのよ！　わたしはどこぞの人形娘と違って、ほんとうに有能なんだから！　だから官職が欲しいって言ったのに……。〝北花壇警護騎士団〟の団長任務ですって？　こんな地味な仕事、うんざりだわ！　父上は娘がかわいくないのかしら！」

侍女たちはその名前を聞いて震え上がった。

別名〝薔薇《ばら》園〟とも呼ばれる、季節の花々が咲き乱れるヴェルサルテイル宮殿には、無数の花壇が存在する。由緒あるガリア騎士団は、その花壇の名前にちなんで命名されているのだ。南薔薇花壇警護騎士団、東百合《ゆり》花壇警護騎士団……。しかし、北側には花壇が存在しないため、〝北〟が名前に入る騎士団は表向き存在しない。

が、王宮の裏舞台に、唯一〝北〟の名前を持つ騎士団が存在した。

それが北花壇警護騎士団である。

ガリア王家の汚れ仕事を一手に引き受けている組織であった。国内や国外で起こる様々な裏の面倒ごとが持ち込まれるのである。イザベラはそこの団長なのであった。一応は騎士団だけに、様々な〝騎士《シユヴアリエ》〟を抱えている。お互い顔も知らない、名誉とは無縁の闇《やみ》の騎士たち……、それが北花壇騎士《シユヴアリエ・ド・ノールパルテル》なのであった。

イザベラはそんな北花壇騎士の一人を待っているところであった。

「あのガーゴイルはまだ来ないの？」

年長の侍女が首を振った。

「シャルロットさまは、まだお見えになっておりません」

「ただの人形よ。〝ガーゴイル〟で十分よ」

は、はい……、と侍女たちは口ごもる。今からイザベラをたずねてくるシャルロットはガリア王家の血をひく……、というかここに寝そべったイザベラの従妹姫《いとこひめ》なのである。王家の権利と名前を剥奪《はくだつ》されたとはいえ、召使に過ぎない自分たちが乱暴な態度をとれようはずもない。しかも、シャルロットはイザベラなんかより……。

召使たちの無言の葛藤《かっとう》に気づいたのか、イザベラはつまらなそうな声で命令した。

「おまえたち、あの人形娘《ガーゴイル》を歓迎してあげて」

「は、はい」

ほっとしたような顔になって、侍女たちが頷《うなず》く。

部屋の入り口に整列しようとする侍女を、イザベラはたしなめた。

「そんな〝歓迎〟じゃないわよ」

「え？」

イザベラは意地の悪い笑みを浮かべた。


プチ・トロワの前庭に、タバサを乗せたシルフィードは降り立った。入り口に控えた衛士が寄ってきて、降りてきたタバサに向かって一礼する。

「おかえりなさいませ。シャルロットさま」

そう言って最敬礼した衛士を、他《ほか》の衛士がたしなめる。

「おい」

苦々しい顔になって、その衛士は一歩下がる。ぞんざいな仕草の一人があごをしゃくった。

「姫殿下がお待ちだ」

タバサは手綱を衛士に預けた。

「この子に食事を」

そう言って、シルフィードを指差す。嬉《うれ》しそうにシルフィードが鼻を鳴らした。厳しくタバサに言い含められているため、タバサ以外の人間の前では、人の言葉は発しない。

つかつかと、タバサは建物の中に入っていく。

王女の部屋の前に立ったガーゴイルが交差させた杖《つえ》を解除する。ガリアでは他の国に比べ、意思を持たされた魔法像〝ガーゴイル〟の使用が盛んである。いちいち命令が必要だったり、単純な作業を繰り返すだけの〝ゴーレム〟に比べ、〝ガーゴイル〟は独立した擬似意思でもって動くことができる。そんなガーゴイルが至る所で用いられているガリアは、それだけ魔法が発達した国なのであった。

天井から垂れ下がった分厚い生地のカーテンをめくり、部屋に入ったところで……。

ひゅん！　ひゅんひゅん！

と、タバサめがけて何かが飛んできた。まったく避ける仕草を見せずに、タバサはそれを体で受けとめる。

飛んできたのは卵や、泥が詰められた腸詰めであった。

ばしゃ！　ばしゃっ！　と、ぶつかって中身を撒《ま》き散らす。タバサの顔に、卵の白身がでろん、と垂れ下がった。しかし、タバサは無表情のまま。ぬぐおうとさえしない。

そんな姿を見て、部屋の主《あるじ》のイザベラは気のふれたような笑い声をあげた。

「おほ！　おほ！　おっほっほっほ！」

タバサに卵や腸詰めを投げつけた侍女たちが、カーテンの陰からすまなさそうな顔で出てきた。タバサはまったくの無表情で、まっすぐ前を見つめている。その視線の先にはイザベラがいるのだが、視点の焦点はその先に存在するような顔つきだった。

「ほらお前たちも笑いなさい！　まったく、みっともないったら！　あの格好！」

侍女たちは、そうイザベラに命令されしかたなしに笑みを浮かべる。しばらくイザベラたちはタバサをだしに笑い続けた。

しかし、タバサの表情は変わらない。

そんな態度がイザベラをイライラさせた。

「なにか言ったらどうなの？」

タバサは無言である。侍女たちの、作り笑いもとまってしまった。

「せめて怒るなり、悔しがるなり、泣き喚《わめ》くなりしたらどう？」

「…………」

タバサの視点が、イザベラに合わされた。

「く……」

思わず気おされて、イザベラは唇を噛《か》んだ。それから無理やりに余裕の笑みを浮かべる。

「……まったく、ほんとにガーゴイルみたいな子ね。何を考えてるんだか、ちっともわかりゃしない。多少魔法が使えるからって、調子にのってるんじゃないの？」

せいいっぱいに軽蔑《けいべつ》を含ませた調子でイザベラはつぶやく。

しかしタバサの顔色は変わらない。置物でも眺めるようなそんな目つきで、じっとイザベラを見つめていた。

そんな動じないタバサを見ていると、イザベラの感情が激した。

「そんな汚い衣装のまま、王女の話を聞こうというの？　脱ぎなさい！」

自分で卵をぶつけておいて、ひどい言い草である。侍女などは、もう気が気ではないらしい。がたがた震えながらことの成り行きを見守っている。

「脱ぎなさい。命令よ！」

その言葉で、タバサはシャツのボタンをはずした。まるで自室で寝巻きに着替えでもしているかのように、シャツとスカートを無造作に脱いでいく。

シュミーズ一枚になった。

すとんと凹凸《おうとつ》のない少女の体。

十五歳とはとても思えぬ体つき。

イザベラは薄い笑いを浮かべた。

「それも脱ぎなさい」

タバサは顔色を変えずにシュミーズも脱ぎ捨てた。侍女たちは不憫《ふびん》のあまり、思わず目をおおう。雪のように真っ白な、美しい少女の肌があらわれる。

「……ふん、あんた、きちんと食べてるの？」

タバサはそれでも無表情。

血をわけた従妹《いとこ》に、ここまで残酷な仕打ちができるものなのだろうか？

いや、血をわけた従妹だからこそ、イザベラはタバサの才能が許せないのであった。幼くして〝シュヴァリエ〟の称号を得るほどの魔法の才能。

どうして自分には魔法の才能が……。

魔法の才能はつまり人望でもあった。この広い宮殿で、何人の貴族が、使用人が、自分を姫と認めているのだろう？　それを想像すると、悔しくて死にそうになる。

イザベラは立ち上がると、タバサに近づいた。眼鏡《めがね》をすっと取りあげ、従妹《いとこ》の顔に自分の顔を近づけた。

ギリギリと唇を痛いほどに噛《か》み締めながら、イザベラはつぶやく。

「あんたはもう、王族じゃないのよ？　わかってるの？　多少魔法ができるからって、なに余裕を気取っているの？」

イザベラはタバサを睨《にら》みつけた。

部屋の空気が固まり、そのまま数分の時間が過ぎる。

イザベラの額に汗が浮かんだ。

ふん、とイザベラは鼻を鳴らす。タバサの無言の圧力に、耐えきれなくなったのだ。ベッドの上に放《ほう》ってあった書簡を取りあげ、タバサに投げた。

「北花壇騎士《シュヴァリエ・ド・ノールパルテル》七号のあんたの任務よ。さっさと片付けてきなさい」

タバサは無言で服を身につけ、書簡を握り締めて王女の部屋を出て行った。

ガリアの首都リュティスから馬で二日、徒歩で五日、タバサのシルフィードなら二時間の距離にあるアルデラ地方。ここは深い森に覆われた土地であった。ゲルマニアとの国境沿いを埋め尽くす森は、〝黒い森〟と二国で呼び習わされている。

　そんな森の一角に、エギンハイム村はあった。戦争のたびにガリアとゲルマニアの間を行ったり来たりしている、人口二百人ほどの小さな村であった。木を切り倒し、街に運んで売ることで生計を立てている村人たちは、この日、村の中心の広場に集まって、怒りの声をあげていた。

「もう我慢ならねえ！」

　斧《おの》をかついだがっちりした体つきの男が叫んだ。

「そうだそうだ！」と村人たちが男の声に唱和する。村人たちはそれぞれに得物を握り締めていた。きこりが多い村らしく、斧を持っているものが多い。穏やかでない。どうやらこれからどこかに殴りこみでもかける様子であった。

「あのくそったれの翼人どもめ！　俺《おれ》たちに木を切らせねえつもりだ！　それが導く俺たちの運命がわかるか？　ええ？」

「わ、わかるともさ！」

　一人の老婆が、ぷるぷると震えながら叫んだ。鎌《かま》を握り締めている。

「おまんまの食い上げじゃ！　あのろくでなしの翼人どものおかげで、きっとあたしらは冬をこせないだろうよ！　まったく、はぁ、領主さまなんか口ばっかりじゃ！　騎士を派遣する、派遣すると言って、もう何ヶ月たったと思ってるんじゃ！」

「アミダ婆《ばあ》さんの言うとおりだ！　このまま、あの翼人どもをのさばらせていたら、俺たちゃ飢え死にだ！　今日という今日は決着をつけてやる！　行くぞ！　俺についてこい！」

怖い顔で村人たちが森に向かって歩き出したとき……、一人の線の細い少年が、村人たちの前に立ちふさがった。

「ま、待ってくれ！　みんな待った！」

「ヨシア」

村人たちの先頭に立った、ごつい男が困ったように頭をかいた。

「サム兄さん、待ってくれよ。やめてくれよ！」

「どけよ」

「話し合うんだよ！　話し合うんだ！　もっとお互い話し合わなきゃだめだよ！」

「話し合う？　誰《だれ》と話し合うって？」

「その、翼人たちと……」

ヨシアは兄の剣幕にたじろいだ。

「話し合うもなにも、あいつらは俺たちが近づいただけで魔法をぶっ放すんだぞ！　そんなんお前、話し合うもくそもねえだろが！」

そうだそうだ、と村人がわめく。

「それは、僕たちが最初、弓矢で追い払おうとしたから……」

「あのなあヨシア。空を飛んでるってこたぁ、あいつらは鳥だ。鳥の仲間だ。鳥に矢を射かけてなにが悪い？」

「そんな！　翼人は人の言葉だって話すんだよ？　鳥じゃないよ！　同じ森で暮らす仲間

じゃないか！」

サムの顔色が変わった。

「仲間だと？　ふざけんな。仲間ってのはな、ここにいる皆だ！　柵《さく》からこっちに住んでる連中を仲間っていうんだ！」

サムは村と森を隔てる柵を指差した。

「で、でも……」

「森に住んでりゃ仲間だぁ？　あまっちょろいことを言ってるんじゃねえ！　てめえは俺《おれ》の弟だろうが！　村長の息子だろうが！　テメエが村のみんなの生活を守らなかったら誰《だれ》が守るっていうんだ！」

どん！　とサムはひょろひょろの弟を突き飛ばした。

体重差が倍以上ある兄に突き飛ばされ、ヨシアは地面に転がった。その横を、サムと村人たちが通り過ぎていく。ヨシアは悔しそうに拳《こぶし》で地面を叩《たた》いたあと、立ち上がって村人たちを追いかけた。

村から三十分ほど離れたライカ欅《けやき》の森に、村人たちはやってきた。ライカ欅は、建築資材や家具などを作るのに適した、大きく加工しやすい広葉樹である。エギンハイム村の住人たちは、そんなライカ欅を切り出して家具を作ったり、そのまま売ったりして生活している。

ライカ欅は太く、高く幹を空へと伸ばしていた。茂った枝葉にさえぎられ、陽光が地面に届かない。辺りは昼間だというのに薄暗かった。

ひときわ太いライカ欅が群生する手前で、サムは村人たちを止めた。めいめい、木の陰に姿を隠す。サムは弓矢を持った猟師たちを呼んで、一角を指差した。

「あいつらは、あの辺に巣くってやがる。全部で十匹はいるな」

猟師たちは頷《うなず》いた。

「なあに、羽を傷つけりゃいいんだ。地面に落ちたら、俺たちがこいつで止めをさしてやる」

サムは大きな斧《おの》を、まるでナイフのように軽々と扱いながら言った。

「やつらは魔法を使うんだろ？　大丈夫かい？」

一人の猟師が心配そうな顔で言った。

「これだけいりゃあ、鳥どもの使う魔法ごとき、なんてことねえさ」

サムの周りには斧をかついだ屈強な男たちが三十人近くいた。弓を構えた猟師は二十人ほど。いずれも飛ぶ鳥を落とすほどの、弓の名手である。ちょっとした傭兵《ようへい》隊だって相手にできる集団であった。

サムは木の幹ほどもあるぶっとい腕をしごきながら檄《げき》をとばした。

「鳥どもを皆殺しにしてやろうぜ」

村人たちは、ほっとしたような顔になった。笑いがあちこちから漏れた。

猟師たちが弦を弓に張りおえ、矢をつがえたことを確認すると、サムは傍らに転がった牛の頭ほどもある岩を持ち上げた。

「ふんぬっ！」

気張った声をあげ、額に血管を浮かべながら、持ち上げた岩を辺りで一番大きなライカ欅《けやき》に向かってぶんなげた。ごいーんっ！　と巨木が震える。

隠れた村人たちは、固唾《かたず》をのんだ。

一瞬遅れて……。

揺れた巨木の梢《こずえ》から、人間がばさばさと落ちてきた。

地面に激突する！　ように見えた瞬間、すれすれで、その人間たちは落ちるのをやめた。

ふわふわと浮いているのである。

よく見ると、ただの人間ではない。

一枚布を体に巻きつけただけの単純な衣装をまとった彼らの背中には、なんと一対の翼がはえていた。

翼人、とハルケギニアの人間たちが呼び習わしている種族であった。

サムは猟師たちに怒鳴った。

「今だ！　やれ！」

猟師たちの弓から、矢が放たれる。

ひゅんひゅんひゅん、と狙《ねら》いたがわず宙に浮く翼人たちに向けて何本もの矢が飛んだ。

串刺《くしざ》しになるかと思われた瞬間、驚くべきことが起こった。

すべての矢がそれて、ライカ欅の幹に突き刺さったり、茂みの中に消えたのだ。

「くっ！」

猟師たちの口から、悔しそうなため息が漏れた。狙いが外れたのであろうか？

いや、いずれ劣らぬ弓の名手である。一本や二本ならともかく、すべての矢が外れるわけはない。

つまり、矢は外れたのではない。

外されたのだ。

「次だ！　休まず射かけろ！」

サムの声で猟師たちは我に返り、次々に矢を放った。

宙に浮かんだ翼人たち……、その数は男女合わせて四人ほど。見た目は若い人間のそれの彼らは、歌劇役者のようにすっと手を突き出し、ひらひらと動かしながら言葉を発した。

「空気は蠢《うごめ》きて矢をずらすなり」

その言葉で、陽炎《かげろう》のように、翼人たちの周りの空気がゆがむ。

矢がしなり、あさっての方へと飛んでいく。一本はびゅん！　と反転して、射かけた猟師の頭の上の木の幹に突き刺さる。

ひっ！　とうめいて、その猟師は弓を取り落とした。

「ひ、ひるむな！」

サムは猟師たちを叱咤《しった》した。

次の瞬間。

ごぉうッ！　と音がして、翼人たちが背にしたライカ欅《けやき》の枝がしなり、めきめきと伸び始めた。

「魔法だ！」

誰《だれ》かのその声で、村人たちはパニックに陥った。

翼人たちは、低い、小さな声で呪文《じゅもん》を詠唱した。呪文というより、起こる事象を淡々と読み上げる、といったほうが近いような口調であり内容だった。

「我らが契約したる枝はしなりて伸びて我に仇《あだ》なす輩《やから》の自由を奪わん」

一人がそう口ずさむと、残る三人の翼人たちも、朗々と詠唱に加わる。

「自由を奪わん」

信心深い猟師たちが、弓を放《ほう》り出していっせいに逃げ出した。

「逃げるな！　相手はたったの四匹じゃねえか！」

「ひぃいいいいいいい！　先住の魔法だ！　先住のッ！」

「森の悪魔の先住の魔法だぁッ！」

猟師たちは口々に『先住の魔法だ！』と叫びながら逃げ惑う。

「先住がどうした！　貴族の魔法だろうが先住だろうが関係ねえ！　きこりの意地を見せてやる！」

逃げ出さなかった十人ほどのいかつい男たちが、斧《おの》を振り上げ雄たけびをあげながら翼人たちめがけて駆け出した。しかし、あっけなく地面を突き破って伸びてきた根っこに転がされる。

サムは顔をあげた。

十メイルほど離れたところで、宙に浮いて冷ややかに自分たちを見下ろす翼人と目が合った。サムの背筋が凍る。姿かたちは似ていても……、やっぱりこいつらは人とはまったく違う生き物だ。まとう雰囲気が違う。

サムは己のうかつさを恥じた。これだけの人数でかかればなんとかなるかもと思ったが……、やっぱり、魔法が使えぬ自分たちでどうにかなる相手ではなかったのだ。

一人の翼人が呪文を口ずさみながら、倒れたきこりたちめがけて手を振った。

「枯れし葉は契約に基づき水に代わる〝力〟を得て刃《やいば》と化す」

「刃と化す」

落ち葉が舞いあがり、針金でも仕込まれたように、ぴんッ！　と硬く張った。鉄片のように硬くなったそれが、倒れたきこりたちめがけて飛んだ。

サムたちが観念して目をつむった瞬間――――。

ごぉおおおおおおおおおおッ！

雪風が吹いた。

サムたちめがけて飛んだ葉の刃が、散弾のような氷の粒を含んだ風に吹き飛ばされる。

翼人たちは顔をあげた。

その目に飛び込んできたのは、空から落ちてくる少女……、タバサの姿であった。

翼人たちは、すぐにタバサに狙《ねら》いを切り替えた。

再び落ち葉が舞い、刃《やいば》となってタバサを襲う。

タバサは落下の途中で、手に握った大きな杖《つえ》を振りながら、ルーンを口ずさむ。

「イル・フル・デラ・ソル・ウィンデ」

ふわん！　とタバサは落下の軌跡を変えた。

彼女がたどるはずだった空間を、落ち葉の刃がむなしく通り過ぎていく。

風系統の代表格、『フライ』の呪文《じゅもん》だ。詠唱者は、翼を持たずとも自在に空を翔《か》けることができるのだ。

しかし、『フライ』の呪文で飛んでいる間は、他《ほか》の呪文を詠唱することができない。タバサは翼人の攻撃を避けながら地面に降り立つ。

翼人たちはライカ欅《けやき》の枝を操った。先ほど村人を転ばせたように、何本もの枝がタバサに向かって伸びた。

タバサは杖を振った。風の刃が、せまる枝を余さず切り払う。翼人の間に動揺が走る。

珍しい青髪のこの小さな少女は、どうやらかなりの使い手のようだ。

翼人とタバサは、十五メイルほどの距離をおいて対峙《たいじ》した。

睨《にら》み合う。

お互い、攻めあぐねて時間が過ぎる。真正面の位置関係。攻撃が失敗したら……、確実に仕留められてしまうからであった。

「やめて！　あなたたち！　森との契約をそんなことに使わないで！」

悲鳴のような声が響いた。

翼人たちは、上を見上げる。長い、亜麻色の髪が美しい翼人が、上からゆっくりと降りてくるところであった。白い一枚布の衣を緩やかにまとい、翼を広げて下降してくるさまは、この世のものとも思えぬほどに美しい。

「アイーシャさま！」

そう叫んでうろたえた翼人たちの隙《すき》を、タバサは見逃さない。

呪文《じゅもん》を唱えようとした瞬間……、腕をがしっとつかまれた。

「お願いです！　お願いです！　杖《つえ》を収めてください！」

緑色の胴衣に身を包んだやせっぽちの少年……、ヨシアがぶるぶる震えながら、杖を握るタバサの右腕を両手で握り締めていた。

アイーシャと呼ばれた美しい翼人は、大仰な身振りで仲間たちに手招きする。

「ひいて！　ひきなさい！　争ってはいけません！」

タバサと睨《にら》み合っていた翼人たちはためらうかのように顔を見合わせたが……、アイーシャの剣幕に押され、飛び上がった。

安心したように、ヨシアは翼人の一行を見上げる。その目がアイーシャの姿に吸いついている。

アイーシャもヨシアを見つめかえした。それから、悲しそうに顔を伏せる。

高くそびえたつライカ欅《けやき》の梢《こずえ》の上に、翼人たちは消えていった。呆然《ぼうぜん》とことの成り行きを見ていたサムが我に返り、タバサに駆け寄った。

「も、もしかしてお城の騎士さまで？」

タバサは頷《うなず》いて、短く自分の地位と名前を述べる。

「ガリア花壇騎士、タバサ」

「みんな！　騎士さまだ！　お城から花壇騎士さまがいらしてくれたぞ！　領主さまはちゃんとお城にかけあってくだすったんだ！」

村人の間から歓声が沸いた。

それからサムは、タバサの腕をつかんだ弟を殴りとばした。

「この罰当たりが！　騎士さまの腕から手を離せ！　おまけに魔法の邪魔をするたあなんてことだッ！」

倒れたヨシアは、悲しそうに顔を伏せた。

「じゃあ騎士さま。ちゃっちゃと連中をやっつけてくださいな」

もみ手をせんばかりの勢いで、サムがタバサににじり寄る。

タバサはぬぼーっと立ち尽くし、動かない。

「どうなさったんで？」

ゆっくりとタバサはおなかに手を当てた。

そして、抑揚のない声でつぶやいた。

「空腹」


タバサは村へと案内された。村長の屋敷の一番いい部屋に通され、目の前にありったけのご馳走《ちそう》が並べられた。

「領主さまに翼人退治のお願いを出しても、ナシのつぶて。すっかり諦《あきら》めておりましたが……。いや、来てくれて助かりました」

村長がぺこぺこと頭を下げる。

タバサを見た村人の間からため息が漏れた。どう見ても子供じゃないか。あんなんで大丈夫なのか？　とか、心配そうな声が聞こえてくる。サムはそんな村人たちを睨《にら》みつける。

「無礼なことを言うんじゃねえ！　このタバサさまはな、俺《おれ》たちを殺そうとしたあの忌々《いまいま》しい翼人どもを追い払ってくれたんだぞ！」

一同は恐れと賞賛が混じった目で、タバサを見つめた。十二、三歳程度の少女である。

メイジは怖い。こんな年端のいかない子供でも、強力な存在たりえるのだ。だからこそ、メイジは王族、貴族としてハルケギニア……、このガリア王国を擁《よう》する大陸の支配層として君臨しているのだった。

タバサはおもむろに杖《つえ》をおいた。

そんな何気ない仕草でも、村人たちは、びくん！　と身を震わせて緊張する。

タバサは並んだ料理を食べ始めた。

「た、たんと食べてくだせえ」

いやもう、遠慮のない食べっぷりである。この小さい体のどこに入るんだ？　と見るものの首を傾《かし》げさせる勢いで、次々料理を平らげていく。

山盛りのサラダをぺろんと平らげると、タバサはじっと皿の底を見つめた。

いつまでも見つめているので、一人の村人がたずねた。

「ハシバミ草が好きなんで？」

こくり、とタバサは頷《うなず》いた。ハシバミ草は、とても苦い、とげとげの形をした菜っ葉である。肉料理の彩りとして出すのだが……、好きな人間は珍しい。

「おかわりをお持ちしろ！」

すぐに山盛りのハシバミ草が運ばれてくる。タバサは再び黙々と食べ始める。

村人たちがそんなタバサをじっと見つめていると……。

窓が、ごん、ごん！　と叩《たた》かれた。

「ぎぃやああああああ！」

音で振り向いた村人が絶叫した。

「竜！　竜だ！　竜がでぇえええええたぁああああああッ！」

窓の向こうに、青い鱗《うろこ》の竜がいて部屋の中をつぶらな瞳《ひとみ》で覗《のぞ》いているのであった。

竜はハルケギニア最強の幻獣である。田舎に暮らす平民にとって、竜といえば嵐や寒波に並ぶ恐怖の対象であった。巨大な自然災害に近い、どうにもならない相手なのである。

しかし、その竜は災害ではなく、タバサの忠実な使い魔シルフィードであった。先ほど、村人の危機を空の上から見つけたタバサは、シルフィードから飛び降りた。が、そのまま使い魔を空中に放置してきてしまったのであった。

風韻竜《ふういんりゅう》はごつんごつんと、窓を鼻面で叩《たた》いている。

「竜がぁあああああ！　窓の外にぃいいいいいい！」

村人たちは逃げ惑った。

ばりーんッ！

勢いあまって、首が窓を突き破る。テーブルに並んだご馳走《ちそう》を見つめ、青い鱗《うろこ》の風韻竜は抗議の声をあげた。

「お姉さまばっかりごはんずるい！　おなかすいた！　シルフィードもおなかすいた！　きゅいきゅいきゅい！」

竜が怒りを含んだ声でそう怒鳴ったものだから、さらに部屋は騒然となった。

「ぎぃいいいやあああああ！　竜が！　竜がしゃべったぁあああああ！　りゅううううがぁあああああああああッ！　どらごんがぁあああああああああああ！」

タバサは無表情のまま鼻をかいた。そういえば、お城で食べさせたっきり、シルフィードにご飯をあげるのを忘れていた。

騒然とする村人たちに気づき、シルフィードは『しまった』と思い、ぺろっと舌を出した。本人は可愛《かわい》い仕草のつもりなのだが、牙《きば》をむき出した竜は、怖い以外の何物でもない。

「食べないでぇええええ！　俺《おれ》たちを食わないでぇえええええッ！」

「お姉さまごめんなさい。他《ほか》の人の前でしゃべっちゃった。でも、おなかがすいたんだもの」

村長が皆をとりなす口調で叫んだ。

「落ち着け！　騎士さまの使い魔じゃねえのか？　使い魔なら人の言葉を話しても不思議ではあるめえ！　竜が使い魔たぁ、どえらい騎士さまだ！」

一瞬、村人たちはその言葉でホッとした顔になった。しかし……。

「しゃべることができるようになる使い魔は、人に飼われる生き物だけって聞いたことがあるだよ。ネコとか犬とか、オウムとか……。なんぼなんでも竜は飼えめえよ」

村一番の物知り、アミダ婆《ばあ》さんのその言葉で、再び村人はパニックに陥る。

「やっぱり化物竜だぁあああああああッ！」

「俺たちまずいよぉおおおおおおおッ！」

タバサは眼鏡《めがね》をついっと持ち上げると、シルフィードを指差した。

そして小さく一言、

「ガーゴイル」

とつぶやいた。

へ？　ガーゴイル？

魔法先進国のガリアの民である村人たちは、もちろんガーゴイルがなんであるか知っている。魔法使い《貴族》が作り出す、擬似生命を与えられた魔法像のことである。よくできたものになると、生き物と見分けがつかない。

「な、なんだ！　そうだったんですかい！　あっはっは！」

村人たちはあわてた自分たちが恥ずかしく、照れ隠しに笑い始めた。

「あっはっは！」

とシルフィードもいっしょに笑った。

そんな風に和気藹々《わきあいあい》としている雰囲気の中、サムがヨシアの首根っこをつかんで部屋に入ってきた。見ると、ヨシアは縄で後ろ手に縛られている。

サムはごろん、とヨシアをタバサの前に転がした。タバサは、変わらぬ表情でヨシアを見つめる。

「さっきはこの野郎が大変失礼なことを……。煮るなり焼くなり、好きにしてくだせえ」

村人たちも、そんなヨシアを冷たい目で見つめている。

タバサは、首を振った。ほっとした顔で、サムがヨシアを小突きながら、縄をほどく。

「よかったな！　優しい騎士さまに感謝しな！　ほんとだったら殺されても文句は言えねえんだ！　わかったか！」

しかし、ヨシアは唇を噛《か》むばかり。そんな弟の様子で何かを察したのか、

「お前、まさかまだあの翼人と……」

村人たちがひそひそ声で、噂《うわさ》し始めた。

「ヨシアと翼人の娘が……」

「村の恥だよ……」

「おい、どうなんだ？　ヨシア！」

サムが怒鳴る。ヨシアは立ち上がると、部屋を駆け出していってしまった。タバサは興味ない、といった顔つきで、料理を口に運び続けた。


その日の夜。

今日は休んで、明日朝イチでタバサは翼人を掃討《そうとう》しに行くことになった。

村長の家の、これまた一番の客間をあてがわれ、タバサはそこのベッドに寝転がっている。明日の戦いに備えて魔法を温存するために、精神力消費の少ない〝ライト〟の呪文《じゅもん》さえ使わず、ランタンの明かりで本を広げていた。

おしゃべりシルフィードは、窓から首を突っ込んで、寝る前のタバサにぺらぺらと話しかけていた。

「ねえねえお酒飲みたい。ちょっと。ちょっとでいいの。そしたらお姉さまのためにお歌うたってあげる。楽しいの。素敵な歌。るる、るーるる」

「うるさい」

「ふんだ。どうせわたしはガーゴイルなんでしょ？　この韻竜《いんりゅう》を捕まえてガーゴイル扱い！　失礼だわ！　わたしってばガーゴイルだから誰《だれ》の目も気にせずに、気兼ねなくしゃべるのね！　わたしがうるさいのはお姉さまのせいなんだから。自分のせいなんだから！　にんげんの言葉で自業自得なんだから！　でも、自業自得って変な概念だわるーるる。自分の行いは自分に跳ね返るって意味でしょう？　でも、すべての行いは〝大いなる意思〟によって決定づけられているの。わたしたち竜族はそんな風に考えているわ。だからね？　跳ね返るべきは〝大いなる意思〟なの。そんなの恐れ多いの」

わけのわからぬことをまくし立てる。ほんとにやかましい。

それでもタバサが黙っているので、シルフィードは首を伸ばすと、子供の体ほどもある大きな舌でべろんと顔をなめた。

涎《よだれ》のせいで、タバサの上半身はどしゃぶり雨の中を走ってきたようにびっしょりになった。

ハンカチを取り出し、無言でタバサは顔を拭《ふ》く。

「お姉さまこっちむいて。シルフィードのお相手して」

そうシルフィードが要求した瞬間……。

タバサは……、ぱたんと本を閉じた。

シルフィードの相手をする気になったのであろうか？

違った。

シルフィードも、ぴたりとしゃべるのをやめた。

ベッドの横に立てかけてあった杖《つえ》を、タバサは握る。

ドアの向こうの人物に向かって誰何《すいか》した。

「だれ？」

小さな、怯《おび》えた声が廊下から聞こえてくる。

「ぼ、ぼくです……。ヨシアです」

昼間、タバサの詠唱の邪魔をした線の細い少年だ。

「何の用？」

「ちょっとお話が……」

「明日にして」

「お願いです。今、話したいんです」

タバサはベッドから起き上がると、扉を開けた。

思いつめた顔のヨシアが、立って震えている。

「入って」

ヨシアは窓から首を突き入れているシルフィードに一瞬、ぎょっ！　としたが、一礼すると部屋に入ってきた。

「夜分に恐れ入ります。貴族のかたに対して、ほんとにその無礼とは思うのですが……」

「用件は？」

「あの……、翼人たちに危害をくわえるのを……、やめていただきたいんです」

タバサは首を振った。

「お願いします。このとおりです！」

ヨシアはタバサの足元に跪《ひざまず》いた。

「仕事だから」

冷たい声で、タバサが答える。

「事情を話させてください」

タバサは無言だった。ヨシアは語りだした。

「翼人たちは、季節ごとに巣を作る木を替えるんです。今は春だから、家族が増える。だから幹の太いライカ欅《けやき》の上に大きな巣を作るんです。いや彼らは〝巣〟って呼ぶもんだから俺《おれ》も巣って呼ぶんだけど、そりゃあ立派な家です」

タバサは、じっとヨシアを見つめていた。ヨシアは続けた。

「翼人たちが、あの辺りに住み始めたのは、半年ほど前のことです。別に、俺たちはあそこのライカ欅を切らなくても生活できるんだ。他《ほか》にも木はたくさんはえてる。そっちの木を切ればいい。でも、あの辺のライカ欅は高く売れそうだからって皆やいのやいの言い出して……。翼人のせいでおまんまの食い上げだなんて大嘘《おおうそ》だよ」

「だから、翼人たちを追い出そうとしたの？」

そう相槌《あいづち》をうったのはシルフィード。ヨシアはぎょっとしたが、頷《うなず》いた。

「そうなんです。もともと、この森に住んでたのは翼人たちだ。あとからやってきて、森に柵《さく》を作って俺たちの土地だ、なんて言い始めたのは俺たち人間です。彼らから木を奪う権利なんかない」

　それでもタバサは、首をたてに振らない。

「どうしてですか？　騎士さまには、お情けというものはないんですか？　俺たちには、彼らを追い出す権利なんかないんだ」

「任務」

　短くタバサは言った。

「そんな。ひどいよ！　勝手すぎるじゃないか！」

　シルフィードが、つめよる若者に説明した。

「お姉さまはね、駒《こま》なの」

「駒？」

「そう。命令で動く駒。それが騎士というものなの。一旦《いったん》、『翼人を掃討《そうとう》しろ』という命令を受けて出てきたら、その任務を果たさないといけないの。自分ではどうにもならないの」

　がっくりと、ヨシアはうな垂れた。それから、顔をあげる。

「じゃあその依頼を取り下げます！　だからお引き取りください！」

「それは村の総意なの？」

　きょとんとした声で、シルフィード。

「い、いや……」と、ヨシアは困った顔。

「村で決まって、領主に訴えて、それがお城に伝わって、その上でお姉さまは派遣されたのよ。せめて村の総意で『騎士さまにお引き取り願う』とならないと、お姉さまは任務を果たせなかったということで、罰を受ける羽目になるわ。立場からいって、首をはねられちゃうかも！」

他人事のように、シルフィードは言った。

ヨシアは悲しそうにうつむいた。

「でも、あなたとっても翼人のことに詳しいね。それになんだか、随分と翼人の肩を持つし……、どうして？」

そうシルフィードがたずねたとき……、後ろから透き通るような声が聞こえてきた。

「ヨシア」

シルフィードとタバサが振りむいた。シルフィードが首を突っ込んでいる窓の隙間《すきま》から、綺麗《きれい》な女の人が顔を覗《のぞ》かせていた。

確かここは、二階のはずである。

よく見ると、見覚えがある顔であった。梢《こずえ》の上から、舞い降りてきた妖精《ようせい》……。

その背には翼がはえている。

翼人のアイーシャであった。

咄嗟《とっさ》にタバサが杖《つえ》を構えると、ヨシアが叫んだ。

「か、彼女は危害をくわえに来たんじゃないです！」

「？」

アイーシャも頷《うなず》いた。

「わたし、ヨシアに会いに来たんです」


やってきたアイーシャは、椅子《いす》に腰かけた。背中にはえた大きな鳥のような翼を除けば、美しい、若い人間の女性の姿に見えた。亜麻色の髪と同じ、翼の羽の色。

ヨシアは、アイーシャを守るかのように寄り添っていた。

タバサはベッドに腰かけ、杖を枕元《まくらもと》に立てかけて、話を聞くことにした。

二人の関係をヨシアから聞いたシルフィードは、驚いた声をあげた。しゃべる竜を見てアイーシャは目を丸くしたが、ヨシアが『ガーゴイル《魔法像》だそうだ』と説明した。

「すごい。翼人と人間で恋仲なんてすごい！　きゅいきゅい！」

二人はタバサに馴《な》れ初《そ》めを話した。

キノコ採りに来たヨシアが足を怪我《けが》して苦しんでいたとき……。

「アイーシャが魔法で怪我を治してくれたんです。先住っていうんだろ？　あの魔法。杖も使わずに唱えるんです！　初めて見たときは驚きました」

「〝先住〟なんて呼ぶのはあなたたち人間ね。わたしたちは〝精霊の力〟って呼んでるわ。大気にも地にも、火にも、どこにも精霊の力は隠れてる。それをちょっと借りてるだけ」

「そうだ！　そうだね！　こんな風にアイーシャは、俺《おれ》の知らないことをたくさん教えてくれるんです！　すごいでしょう！」

まるで自分のことのように、ヨシアは嬉《うれ》しそうにアイーシャのことをタバサたちに説明した。

「翼人たちは、ほんとに森のことや、僕たちの知らないことをたくさん知ってるんです。だから、もっと協力しあうべきなのに……。お互いいがみ合ってるんです。村人たちは翼をはやした連中なんか悪魔と同じだから信用できない！って言うし……」

「わたしたちはわたしたちで、地面を這《は》いずり回る虫けらどもなんて言って、人間たちを馬鹿《ばか》にしてる」

「でも俺たちは違う。何回かこっそり森で会って話をするうちに、もっとお互いを理解しようと考え始めた」

「そうね」

「気づいたら……、無二の人になってた。種族は違うけど……。俺はもっときみと、きみたちのことが知りたいと思う」

アイーシャは寂しそうな笑みを浮かべた。それから、ヨシアの手をとって真剣な目で見つめた。

「あのね、ヨシア」

「なんだい？」

「今日はね、お別れに来たの」

「お別れだって！　どうしてだい？」

「わたしたちの氏族……、あの木から去ることにしたの」

「そんな……。だってきみたちは子育ての季節だろ？　あんな太いライカ欅《けやき》はそうそうないよ！　他《ほか》の木じゃ、大きな〝巣〟がはれないじゃないか！」

「話し合ったのよ。で、結論が出たの。争うぐらいなら、増えなくてもいいって」

「俺が皆を説得する！　もっとやってみるよ！　アイーシャ！」

「でも……、あなたたちの族長は、強力な戦士を派遣してきたし……。本当なら精霊の力を争いごとには使いたくないし……」

　アイーシャは、ちらっとタバサの方を見つめた。タバサは無表情である。アイーシャは、すまなさそうにつぶやいた。

「ごめんなさい。別にあなたをせめてるわけではないの。あなたはただ、ここに命令されてやってきただけ。あなたが拒めば、別の誰《だれ》かが来るだけですものね。人間たちのそういった仕組みは理解しています」

　タバサは首を傾《かし》げた。

「そんな！　騎士さま！　お願いです！　お引き取りください！　それかお城に訴えてください！」

　小さくタバサは言った。

「無理」

ヨシアの顔がゆがんだ。

「そんな！　これだけ頼んでもだめなのか？　あなたには、貴族には心というものがないのか？　命令どおりに動く？　それじゃあガーゴイルと同じじゃないか！　そこの竜と同じじゃないか！」

シルフィードは不満げに鼻を鳴らした。

ヨシアはがっと、小さなタバサの体をベッドに押し倒した。杖《つえ》に手が伸びぬよう、体重をかけてその首に手をかける。

「きみはまだ子供だからわからないんだ！　人を愛するってことがどういうことか！　愛する人と離れ離れになることがどれだけつらいことか！」

ぐっ……、とその手に力が込められる。タバサはまったく顔色を変えない。なんの感情も窺《うかが》えない目で、ヨシアを見つめるばかり。

その背に、アイーシャがしがみついた。

「やめて！　ヨシアお願いよ！　人を傷つけることはやめて！」

「こ、ここでこの子が死ねば、せめて時間は稼げる……」

ヨシアは、熱した目で、タバサの首にかけた手に力を込めた。

「皆が悪いんだ！　翼人たちと協力すれば、もっと生活が豊かになる可能性だってあるのに！　お互い協力しなければ、できないことだってあるのに！　どうしてわからないんんだ！」

そう、ヨシアが絶叫した瞬間……。

その体が、吹っ飛んでドアに叩《たた》きつけられる。

高圧の風、『ウィンド・ブレイク』の呪文《じゅもん》だ。

ひょいっとタバサはベッドの上に起き上がる。その右手は、しっかりと杖を握っていた。

シルフィードが息を吹きかけて、ベッドの隣に立てかけておいたそれをタバサの手元に倒したのである。

杖を握ったタバサは、ゆっくりとベッドから下りた。ヨシアは恐怖した。貴族を怒らせたら、その先に待っているものは……。

あれだけ無礼な仕打ちをしてしまったのだ。ヨシアは覚悟を決めて、目をつむる。

その前にアイーシャが立ちふさがった。

「ヨシアを殺すなら、先にわたしを殺してください！」

タバサの握った身長よりも高い杖を見て、アイーシャも思わず目をつむる。

しかし……、いつまでたっても呪文は飛んでこない。恐る恐る二人が目を開くと、目の前には、杖を抱いてちょこんとしゃがみ、二人を覗《のぞ》き込んでいるタバサの顔があった。

なんの感情も窺えない、いつもの目をしたままタバサは小さく言った。

「それでいく」

「それでいく？」

二人の疑問に、シルフィードが答えた。

「お姉さまは、『翼人たちとお互い協力しなければできないこともある』ということを、村人たちに見せてあげようって言ってるの」

「は、はい？」

きょとんとして、二人は顔を見合わせた。

得意げにシルフィードは解説を開始した。タバサは結論しか言わないので、自分がするしかないのだった。楽しい時間である。

「あのね？　お姉さまにものを頼むときはね、具体案を提示しないとだめなの。何もしないでただまっすぐに帰ったら任務放棄。でも、『翼人たちは我々の生活に必要だから追い払うのを中止してくれ』という事態になれば、それはそれで一つの解決だわ」

「じゃ、じゃあ……」

二人はほっとした顔になった。

「まあ任せて。シルフィードとお姉さまは、ガリアきっての花壇騎士。できないことなんてないの。きゅいきゅい！」

シルフィードは嬉《うれ》しくなって、タバサの顔をべろん、となめあげた。涎《よだれ》にまみれたタバサは無言でハンカチを取り出し、体を拭《ふ》いた。


翌朝……。

村に恐るべき事態が起こった。

それを報告してきたのは、先日の襲撃に加わった猟師の一人であった。彼は猟に出かけようとして外に出た瞬間、それに出くわしたのだった。

「暴走ガーゴイルだって？」

村は騒然となった。

暴走ガーゴイルとは、メイジが作り出した魔法像〝ガーゴイル〟の擬似意思が、なんらかの理由で狂ってしまった状態のものを指す。

作成した本人にもコントロールできなくなるので、大事であった。

そして、今村で暴れているのは……、先日やってきた花壇騎士、タバサの騎乗する竜のかたちをしたガーゴイルであった。

「おなかがすいたの――――ッ！　おなか――――ッ！」

と、わめきながら、ぶはッ！　とブレスを吐いた。小さなブレスだが、村人を驚かすのには十分だった。そんな竜ガーゴイルは広場で暴れ狂っていた。井戸のつるべが、ばきん！　と破壊された。

こうなっては翼人どころの騒ぎではない。

竜に家々を焼かれ、住むところがなくなってしまうような事態なのだ。

村人はあわてて、タバサの部屋へと向かった。

「騎士さま！　騎士さまのガーゴイルが大変なことになっております！」

タバサは客間で杖《つえ》を抱え、精神統一をはかっているところであった。

入ってきた村人たちに気づくと、タバサは顔をあげ、重々しい口調で言った。

「供のガーゴイルが暴走するなど、武人として恥のきわみ」

そして無表情のまま、杖を顔の前に構えた。

「お願いです！　なんとかしてください！　早く！」

「精神集中、一呪入魂、仇敵殲滅《きゆうてきせんめつ》、雪風魔法」

と、なにやら怪しい呪《のろ》いをつぶやきながら、タバサは階下へと下りていく。村人たちは、わけがわからぬままに感動した。

ああ、この騎士さまの発する呪文《じゆもん》は、なんだかわからないけど強そうだ！

広場に向かったタバサは、竜と対峙《たいじ》した。

「静まれ！　ガーゴイル！」

「うるさい！　おなかがすいたの――――！　ごはん――――――！」

ぶおはっ！　とシルフィードはタバサめがけてブレスを吐いた。タバサは杖を振った。

雪を含んだつむじ風が舞い、ブレスの炎を散らす。

「最強呪文！　風棍棒《こんぼう》！」

見守る村人たちから、どよめきが起こる。最強呪文だ！　最強！　でも棍棒？　とそんな歓声が混じった。

タバサの杖の先から、風の塊が飛んだ。ぽごんっ！　とシルフィードの頭にぶち当たる。

「いたいっ！　なんでほんとに当てるの！　ばかーッ！」

シルフィードの目から涙がこぼれる。泣いた！　ガーゴイルが泣いた！　とどよめきが起こる。タバサはちょっと眉《まゆ》をひそめ、散々に魔法をぶっ放し始めた。

ウィンド・ブレイク、ウィンディ・アイシクル。風の塊、氷の槍《やり》、風の刃《やいば》が散々にガーゴイルの振りをしたシルフィードを襲う。

たまらずにシルフィードは飛び上がった。空中に浮いて、ちょろちょろ炎を吐いた。

「飛んだ！　飛びましたよ！」

村人たちが叫ぶ。タバサは頷《うなず》くと、杖を振って宙に浮かんだ。『フライ』である。

「騎士とて飛ぶ。飛ぶ騎士である」

そうつぶやき、シルフィードを追いかけていく。

声は小さいが、どうやらノリノリのタバサであった。

騎士とガーゴイルの空中戦である。こんな出し物、一生見られるか、見られないかのシロモノである。村人たちは固唾《かたず》をのんで見守った。

「さっきはいたかったのー！」

シルフィードは翼を振ると、タバサに襲いかかる。タバサは、上下左右に器用に飛んで、攻撃を避けた。

「騎士さま！　呪文を！　反撃の呪文を！　やられちまいますよ！」

タバサは空中で首を振った。

「今は『フライ』を唱えてる。別の呪文《じゅもん》を唱えることはできない」

そうなのである。

フライで飛びながら攻撃をかわすには大変な集中力が必要なのであった。

同時に別の呪文を唱えることは、不可能ではないがとてつもない修行と精神集中を要するのだ。

シルフィードのタックルが、タバサを襲う。

何度かタバサはそのタックルをかわし続けたが……。

村人たちの叫びもむなしく、タバサはシルフィードに体を弾き飛ばされ、よろよろと地面に落ちていった。

「騎士さま!」

「そんな……」

村人たちはぺたんと、地面にひざをついた。名にし負う花壇騎士が自分のガーゴイルにやられるなんて……。

シルフィードは再び攻撃の対象を村に定めたようである。翼を翻《ひるがえ》すと、こっちに向かって飛んできた。

逃げろ! と誰《だれ》かが叫んだ。

しかし、どこに逃げようというのだろう?

「村を捨てて? そんなことできるわけねえだろ!」

サムがそう叫んだ。

「ああ！　こうなったら村といっしょに死ぬしかねえだよ！」

老婆が叫んだ。そうだ、村はすべてなのだ。家を放棄したら、この森の中で生き延びるすべはない。

サムのそばに、『レビテーション』でタバサがふらふらと落ちてきた。

「騎士さま！　大丈夫ですか！」

「ふ、不覚……、かたじけない……」

なんだか緊迫感のない『かたじけない』であったが、サムは気づかない。

「あのガーゴイルには、弱点はないいんですか？」

「足の裏に矢が刺さってる……。踏んづけたみたい……。あれを抜けば正常に……、ガク」

そうつぶやくと、タバサは気絶した。

見ると、確かに足に矢が一本刺さっている。

でも、どうやってあそこまで行くというのだろう？

騎士だって近づけなかった空飛ぶ暴走ガーゴイルの足なんかに……。

そのときである。

「罰が当たったんだよ！」

ヨシアの声であった。

一人立ち上がり、叫んでいた。

「翼人たちを追い出そうとしたから！　罰が当たったんだ！　これでわかっただろう？　住む場所を追い出されるってことが！」

「うるせえ！　それとこれとは話が別だ！」

「別じゃないよ！　協力しあうって選択肢もあったはずさ！　そうすれば、あんなガーゴイルだってやっつけられるはずなんだ！」

「どうやって！」

「こうやるんだ！」

ヨシアが叫んだとき、アイーシャが茂みから出てきた。ちょっと後ろめたいような、そんな表情をしている。

「てめえ……、やっぱりその鳥モドキと別れてなかったんだな！」

サムは怒りに顔をゆがませて、ヨシアの腕をつかんだ。

「今はそんなことを言ってる場合じゃない！　いいから僕たちに任せて！」

兄弟は睨《にら》み合った。しかたなしに、サムはヨシアの腕を放した。

ヨシアとアイーシャは、見つめ合った。頷《うなず》く。

アイーシャはヨシアの脇《わき》をつかんで、持ち上げた。

そして二人で飛んでいく。

しかし……、人一人抱えているために、よろよろと這《は》うような飛びかただ。

「あんなんじゃ落とされちまうだろ！」

サムが顔を青くして、つぶやく。

「変な連中なの――――！」

シルフィードが、新しい目標に近づく。

そのとき、茂みからいっせいに翼人たちが舞い上がった。

十人ほどの翼人たち。彼らはぽかんと口をあけている村人たちに向かって怒鳴った。

「矢を射かけて！　ガーゴイルの注意をひいて！」

猟師たちは我に返り、矢をつがえて放ち始めた。

そして翼人たちは、シルフィードの周りを幻惑するかのように飛んだ。

「わわわあ！　なんなのー！　もう！」

そう叫んで暴れるシルフィード。

「おまえたち邪魔なの――――ッ！」

そう叫んで翼を広げたシルフィードの足が、手前に突き出される。

その隙《すき》を逃さずに、アイーシャは近づく。ヨシアは、シルフィードの足に飛びついた。

矢にぶら下がり、ぶらぶらと揺れた。

そして、矢はすぽん、と抜けた。

矢といっしょに、ヨシアは地面へと落ちていく。

そんなヨシアを、アイーシャが空中で受け止めた。

一部始終を、息をのんで見守っていた村人たちから歓声が沸いた。

三日後……。

村の広場は陽気な騒ぎに包まれていた。

アイーシャとヨシアの結婚式が行われていたのである。

暴走ガーゴイルを止めた一件で、村人たちは考えを改め、翼人たちと和解することになったのである。あのライカ欅《けやき》は翼人たちに提供し、村でとれた作物などを分け与えることになった。その代わりに、翼人たちは空の上からいい木を探し出したり、必要なときに村人たちを街まで運んだりといったような仕事をすることになった。もちろん、討伐の依頼は取り消された。

お互い協力すれば生活が楽になるということを、二つの種族は学んでいこうとしているのであった。異なる文化や生活習慣は足を引っ張るだろう。無理解からいがみ合うことも多いだろう。でも、二つの種族の間には、ほほえましいカップルがいる。

広場の真ん中、翼人たちの礼服に身を包んだヨシアと、純白のウェディングドレスに身を包んだアイーシャの姿がまぶしかった。

村の子供たちが、ふわふわと浮いて踊り始めたアイーシャのドレスの裾をつまんで笑い転げている。

何か問題が起こったとき、今結ばれようとしている二人がよいかすがいになってくれるに違いない。

そんな騒ぎをよそに、タバサは村はずれでシルフィードに跨《また》がった。どうしても式に出席して欲しいとヨシアとアイーシャに言われ、村に残っていたのである。

とりあえず〝出席〟したので、式の終了を待たずに出発するタバサであった。

集団からはずれ、サムが駆け寄ってきた。深々とタバサに頭を下げる。

「ありがとうございます騎士さま」

タバサは首を振った。

「わたしは何もしてない」

「いえ……、今回、筋書きを仕組んだのは、騎士さまでしょう？　ヨシアはいいやつだが、頭はよくねえ。こんな絵図面がひけるわけねえ」

タバサは無言だった。

「弟が可愛《かわい》くねえわけはねえんだが、俺《おれ》は村長の息子だから村人たちの側に立たなきゃならねえ……。つまり、心を鬼にしなきゃならねえときもある。立場が、気持ちに従うことを許さねえんで。ま、騎士さまと同じでさ」

サムはほっとしたように、にっこりと笑った。

それから再び頭を下げた。


飛び上がってしばらく飛ぶと……。

アイーシャに跨ったヨシアが追いかけてきた。二人はありがとうございます！　と何度も叫んだ。

しかしタバサは、そちらのほうを見ようともしない。

じっと本を見つめるばかり。

二人はしばらく並行して飛んで、最後に花束を投げると、村へと引き返していった。

その花束を受け止めたシルフィードは、タバサに突き出した。タバサは首を振る。

「いらない」

「じゃあわたしの頭にかざって。きゅいきゅい！」

タバサは杖《つえ》をちょいちょいと振った。花束が風に操られ、わっかになってシルフィードの頭にすとんと落ちた。それから思いついたように、タバサはつぶやく。

「足」

「へ？　ああ、矢なら刺さってないですわ！　爪《つめ》でつまんでただけ！　きゅいきゅい！」

再びタバサは本に目を戻す。シルフィードはタバサが心配してくれたことが嬉《うれ》しくって、おしゃべりを開始した。

「結婚式、綺麗《きれい》でしたわね！　お姉さまも誰《だれ》かと結婚なさればいいのに！　そしたらシルフィードも着飾るの！　花でいっぱいに着飾るの！　きゅいきゅい！　ああ、まずは恋人ね！　恋人ってすてき！　お姉さまも早くおつくりになって！　こいびと！　こ！　い！　び！　と！　きゅいきゅい！」

「…………」

相槌《あいづち》さえうたないタバサであった。

「誰がいいかな？　誰がいいかな？　そうだ！　ギーシュさまなんてどう？　あのかた、ハンサムだわ！」

小さい声で、タバサは感想を述べた。

「ばか」

「そうね！　ちょっと頭がゆるくてらっしゃるわ！　あっはっは！」

トリステインの魔法学院に戻ったら、こんな風に楽しくおしゃべりできない。

だから青い鱗《うろこ》のシルフィードは、うるさいと文句を言われながらも、いつまでもいつまでもしゃべり続けるのであった。

第二話　タバサと吸血鬼

十二歳ほどの少女が、息を切らして村へと続く道を駆けていた。

「はぁ、はぁ、はぁ」と、荒い息が、夕暮れの森に響く。

少女は後悔していた。いつも母が言っていた忠告が蘇《よみがえ》る。

「あの人たちは村の人間じゃないから、注意しないといけませんよ」

煩《うるさ》いお小言と聞き流していたそんな母の注意。

その〝人〟といっしょに蛙苺《かえるいちご》摘《つ》みに出かけたのは、今から三時間ほど前。優しそうな人にしか見えなかった。そのときは、まさか自分がこんな危険にさらされるなんて、想像すらしていなかった……。

森の切れ目に近づき、村の明かりが見えたとき……、彼女は大声で叫んだ。

「助けて！　助けてぇ！」

もうちょっとで森から出られる……、という瞬間、後ろからがしっと手首をつかまれた。

屈強な大男だ。

「お願い！　離して！　いやぁ！」

男は手を離さない。にまっと、笑みを浮かべた。その口から、牙《きば》が覗《のぞ》く。

「ア、アレキサンドルさん！　お願い！　なんでこんなことをするの！」

数ヶ月前にこの村にやってきた、占い師のお婆《ばあ》さんの息子。

身体《からだ》が大きくて、ちょっとぼんやりとした雰囲気の人。

村人たちはよそ者と敬遠したけれど、薪《まき》割りを手伝ってくれたり、水を運んでくれたり……、いい人だと思ってた。だから苺狩りに誘われたとき、喜んでついていったのだった。そんな人が、夕方になったら豹変《ひょうへん》した。しかもこんな牙を持ってるなんて。人間じゃない。

「ば、化物！　たすけ……、ん……」

叫ぼうとした瞬間、猛烈な眠気におそわれる。

脳が溶けていくような、強烈な眠気だ。遠くなる少女の意識の中に、最後にきく言葉が飛び込んできた。

「さっきあなたが摘んだ苺みたいに食べてあげる」

少女の叫びは、ついぞ村の明かりに届かなかった。

「お姉さまお姉さま」

青い鱗《うろこ》のシルフィードが、主人を呼んだ。

しかし、主人は答えない。シルフィードの背びれを背もたれにして、悠然と本を広げている。髪が風にそよぐ。風に溶けるような、鮮やかな青い髪。その奥の瞳《ひとみ》は、どこまでも深い蒼《あお》を湛《たた》えている。静謐《せいひつ》な冷たさを感じさせる蒼。

ガリアの北花壇騎士《シュヴァリエ・ド・ノールパルテル》、タバサである。

ここは上空、三千メイル。一匹とその主人は、空路、任務を受けるためにヴェルサルテイル宮殿目指して飛んでいるところであった。

「お姉さまお相手して。シルフィのお相手して。きゅいきゅい！」

顔に似合わぬ可愛《かわい》い声で、伝説の幻獣、風韻竜《ふういんりゅう》のシルフィードはタバサにおねだりした。

しかし、タバサは広げた本から目を離そうとしない。なんとか気をひこうとして、シルフィードは話題を振ってみた。

タバサが通う、トリステイン魔法学院での出来事である。

「ねえお姉さま！　あの人すごかったですわね！　えっと、なんだっけ？　ミス・ヴァリエールが呼び出した平民の男の子！　タイトだか、スィートだか……」

短く、タバサが訂正してやった。

「サイト」

「そうサイト！　ヘンな名前！　ヘンな格好の男の子！　でもギーシュさまをやっつけちゃった！　人って見かけによらないのね！　平民なのにメイジをやっつけるなんてすごい！　きゅいきゅい！」

タバサはもう、答えない。ただじっと本を読むばかり。

「何の本を読んでるの？」

タバサは手を伸ばして、本の表紙をシルフィードの目の前に突き出した。

「『ハルケギニアの多種多様な吸血鬼について』ですって？　まあ恐《こわ》い！　もしかして今度の相手は、吸血鬼なの？」

タバサは頷《うなず》いた。

従姉《いとこ》であり、ガリア王女であり、北花壇護衛騎士団の団長であるイザベラから届いた書簡には、珍しく掃討《そうとう》相手が記されていたのであった。

「お姉さま、吸血鬼は危険な相手ですわ！　太陽の光に弱い点を除けば、人間と見分けがつかないし、先住の魔法は使うし！　きゅいきゅい！　恐い！」

シルフィードはぶるぶると震えた。しかし、タバサは動じない。じっと、本を見つめるばかり。

「おまけに血を吸った人間を一人、手足のように操ることだってできるんだから！」

タバサは目を細めた。

そうなのである。

先ほど読んでいた本にも、その記述は載っていた。

メイジが一匹、使い魔を使役できるのと同じように、吸血鬼は血を吸った人間を一人、屍人鬼《グール》として操ることができるのである。

その屍人鬼を巧妙に使い、街一つ全滅させた例もあるぐらいなのだ。

「いくらお姉さまでも危険だわ！　吸血鬼は恐ろしいほどに冷酷で、邪悪な存在なのよ！　きゅい！」

そんな風にシルフィードがわめいたが……、動じず慌てず騒がずに、じっと本のページをめくるタバサであった。

プチ・トロワでタバサの到着を待ちかねるイザベラは珍しく上機嫌であった。タバサと同じ色の長い髪を指でいじりながら、

「あの子、きっと震えながらやってくるわ！　いい気味！」

と満面の笑みでわめいている。

周りに控えた侍女たちが、困ったような微笑を浮かべていることに気づいたイザベラは、意地の悪そうな目を細めた。

「どうしてそんなに喜んでいるの？　って顔だね。理由を教えてあげようか？」

顔を見合わせたあと、侍女たちは恐る恐るといった様子で頷《うなず》く。イザベラは満足げに頷くと、

「あのガーゴイル娘に教えてやったんだよ！　今度のお前の相手は吸血鬼だってね！　これだけ恐《こわ》い相手もそういないだろ？　そうだろ？」

侍女たちは〝吸血鬼〟と聞いて震え上がった。

ハルケギニアに住む怪物や妖魔の中で、吸血鬼ほど手ごわい相手はいない。

単純な力なら、トロル鬼やオーク鬼のほうが上回る。同じ先住の魔法の使い手としてなら、エルフのほうが上だ。

しかし吸血鬼は、そのたった一つの特徴で、最悪の妖魔となりえていた。

〝人と見分けがつかない〟

血を吸う直前まで、牙《きば》さえも引っ込めておける。メイジのディテクト・マジックはもち

ろん、あらゆる呪文《じゅもん》を駆使しても、正体は暴けない。

残忍で狡猾《こうかつ》な、夜の人狩人《マン・イーター》……、それが吸血鬼なのであった。

「騎士団だってちょっと手に余る相手さ。ゆっくりと対策を練る時間を与えてやったことに感謝して欲しいね！」

イザベラは楽しげな声で言った。

もちろん、そんな親切心からではない。彼女はタバサが恐怖を噛《か》み締める時間を増やすために、いつもはここに来るまで知らせない掃討《そうとう》相手の名前を明かしたのである。

人は見かけによらないという教訓の、一つの実例であるイザベラは、端正な顔を下品な笑みで埋めた。

そのとき……、入口に控えた騎士が、タバサの来訪を告げた。

「シャルロットさまが参られました」

「だからあいつのことは〝操り人形〟って呼べと言ってあるじゃないの！〝人形七号〟で十分よ！　まったく！」

「失礼しました。七号さま、参られました」

タバサたち北花壇騎士《シュヴァリエ・ド・ノールパルテル》は、名前で呼ばれることはほとんどない。それぞれ番号で呼ばれるのが慣例であった。しかし、タバサは元王族。納得いかない思いを抱える騎士や貴族たちも、少なくないのであった。

「通して」

怒りをおさめて、イザベラはつぶやく。そんな些細《ささい》なことにかまっている場合ではない。なにせ今日はタバサの恐怖でゆがんだ顔を……。

「え？」

現れたタバサの顔を見て、イザベラはぽかんと口をあけた。

タバサはいつもの無表情。

そこにはいかなる恐怖も、動揺も浮かんではいない。イザベラの顔が、みるみるうちに怒りでゆがんでいく。

「きちんと知らせたはずよね？　今回の相手」

タバサは頷《うなず》いた。

「その相手の名前を言ってごらん？」

「吸血鬼」

まるで夕餉《ゆうげ》の食材を告げるかのような気安さで、タバサはその名前を口にした。

「だったらわかるだろ？　ピクニック気分で出発できる任務じゃないよ？」

タバサはもう答えない。

なんの感情も窺《うかが》えない目で、イザベラの顔を見つめるばかり。

イザベラは憎々しげにそんなタバサを睨《にら》みつけた。

そのうちにタバサの無言の圧力に押され、苛立《いらだ》たしげに目的地などが記された書簡を手渡す。

「ふん。これが最後の任務にならなきゃいいね。せいぜい、無事を祈らせてもらうわ、シャルロット」

まったく本音に聞こえない声で、イザベラ。

タバサは無言で書簡を受け取り、一礼した。


サビエラ村。

ガリアの首都リュティスから五百リーグほど南東に下った、山間の片田舎の村であった。

人口三百五十人ほどのこの寒村で、吸血鬼による最初の犠牲者が出たのは二ヶ月ほど前のこと。十二歳になる少女が、森の入口で死体となって発見された。体中の血が吸い尽くされ、まるで枯れ枝のように道端に転がっていたという。

それから一週間ほどおきに、犠牲者は増え、現在は九人。いずれも、体中の血が吸い取られていた。喉《のど》には禍々《まがまが》しい二つの牙《きば》のあと……、間違いなくハルケギニア最悪の妖魔、〝吸血鬼〟の仕業であった。

恐るべきことに、犠牲者の九人の中には、先々週王室から派遣されたガリアの正騎士も交じっている。彼はトライアングルクラスの火の使い手であった。そんな強力なメイジである彼さえも、到着して三日目の朝、村の真ん中の広場で死体となって発見された。

そんな狡猾《こうかつ》な妖魔が相手なので、タバサは慎重にいくつもりのようだった。

村から離れた場所に着陸すると、シルフィードに命令した。

「化けて」

シルフィードは、角のはえた頭を左右に振った。

「いやいや！　どうして！」

タバサは短く繰り返した。

「化けて」

「ううう……」としばらくシルフィードはためらうように視線をずらしたが、そのうちに観念したように首を振った。

「あとでいっぱいご飯もらうんだから！　お肉たくさん！　わかった？」

タバサは頷《うなず》いた。

シルフィードはちょこんとお座りすると、呪文《じゆもん》を唱え始めた。同じ呪文でも、メイジが唱えるルーンとは違う……、口語に近い呪文の調べ。

「我をまといし風よ。我の姿を変えよ」

〃先住〃の魔法だ。

メイジが使う四系統魔法とは違う、ハルケギニアの先住民、エルフや妖魔が扱う魔法である。杖《つえ》を使わなくても唱えられるが……、強い風や水の力を必要とするため、どこでも唱えられるというわけではない。それが欠点といえば欠点といえた。

しゅるしゅると風がシルフィードの体にまとわりつき、青い渦となって包む。

渦が消えると……、大きなシルフィードの体はかき消え、代わりに二十歳ほどの若い女性の姿が現れた。

〝変化〟と呼ばれる、詠唱者の姿かたちを変える先住魔法であった。古代種たる風韻竜《ふういんりゅう》のシルフィードだからこそ唱えられる、高度な呪文である。

「う〰〰〰、やっぱりこのからだ嫌い。きゅいきゅい」

シルフィードはタバサに似た青い長い髪の美しい女性の姿になった。服までは再現してくれないので、生まれたままの姿である。

「二本足ってぐらぐらするからきらい！　歩きにくい！　きゅいきゅい！」

若く瑞々《みずみず》しい女性が、裸でそんなことを言っている姿は、実に滑稽《こっけい》である。シルフィードは子供のような無邪気な動きで、走ったり、跳ねたりを開始した。竜から、いきなり人間の姿になったので、準備運動をしないとまともに動けないのだ。

もちろんタバサは、自分の通う魔法学院では、シルフィードを変身させたりしない。万一、変身する瞬間でも見られたら、シルフィードが風韻竜とバレてしまうからである。

何分かして、やっとまっすぐ歩けるようになった全裸のシルフィードに、タバサは大きな革の鞄《かばん》から取り出した衣装を渡す。

「なにこれ？」

「服」

「いや！　布なんか体につけたくない！　動きづらいんだもん！　きゅい！」

シルフィードは顔を背けたが、

「人間は服を着る」

そう冷たい声で言われ、しぶしぶ服を身につけた。

「う〜〜〜、ごわごわするの〜〜〜。あ！　お姉さまってば、今回、最初からわたしを変身させるつもりだったのね！　服まで用意してからに！」

タバサは頷《うなず》くと、杖《つえ》を渡した。それからメイジの証《あかし》であるマントも脱いで、シルフィードの肩にかけた。

「……へ？」

シルフィードはタバサから渡された杖を見つめた。タバサの身長より長くごつい、節くれだった魔法の杖である。メイジは何日もかけて自分と契約したその杖を触媒《しょくばい》として、呪文《じゅもん》を唱えるのだ。杖がないと魔法は唱えられない。

だから杖を持っていない者、イコールただの人ということになる。

プリーツのついたスカートに白いシャツ姿の、ただの少女になってしまったタバサに、シルフィードは尋ねた。

「どういうおつもり？」

「あなた、騎士。わたし、従者」

どうやらタバサには何か思惑があるようだった。

サビエラ村に現れた騎士とその従者を、村人たちは遠巻きに見つめた。

心配そうな声で噂《うわさ》し合う。

「今度派遣されてきた騎士さまはだいじょうぶかしら」

「若い女の人みたいだね」

長い青い髪の女騎士。水色のローブをまとい、手には節くれだった長い杖を握っている。荷物もちに連れてきたのか、眼鏡《めがね》をかけた小さな女の子が、鞄《かばん》を持って続いている。

「あきれた。子供を連れてなさるわ」

若い女騎士は村人たちと目があうと、にっこりと微笑《ほほえ》んだ。そんな様子を見て、一人の老婆が、哀《かな》しげに言った。

「こないだいらした騎士さまのほうが、なんぼかお強そうじゃ」

「んでも母ちゃん、その騎士さまも吸血鬼にやられちまったじゃねえか」

はぁ、と村人たちはため息をついた。

「こないだの騎士さまは三日。今度は二日でお葬式かねえ……」

あんな子連れの若い女のメイジに、恐ろしい吸血鬼がやっつけられるとは思えない。哀しげに村人たちは顔を見合わせるのであった。

「騎士なんかあてにはならねえ」

一人の農夫がそう言ったとき、他《ほか》の村人たちも頷《うなず》いた。

「俺《おれ》たちの手で、吸血鬼を見つけるんだ」

「……となるとやっぱり、あのよそ者の婆《ばあ》さんが怪しいと思う」

そう言ったのは、村で切れ者と評判の、薬草師のレオンであった。他《ほか》の村人たちも、うむ、と唸《うな》った。

占い師のマゼンダ婆《ばあ》さんが、息子のアレキサンドルといっしょにこの村にやってきたのは三ヶ月ほど前のこと。占いもろくろくせずに、肌に悪いからといって、昼間も家に閉じこもったままである。

「あの枯れ枝のように痩《や》せこけて小さな婆さんか。確かにしわくちゃで、悪魔みたいな感じだな」

「この村には療養に来たとかぬかしやがって……。療養？　ほんとは血を吸いに来たんじゃねえのか？」

「だとすると、あのでっかいだけが取り柄のでくのぼう息子が村長の言ってた〝屍人鬼《グール》〟ってやつかい？」

村人の顔が、怒りと疑いで黒くゆがんでいった。

「失礼しちゃうわ。お姉さまとこのシルフィをつかまえて、たよりないですって？　見てらっしゃい。絶対やっつけるんだから！　きゅいきゅい！」

女騎士の格好のシルフィードが、文句を言った。自分たちを噂《うわさ》する、先ほどの村人たちの声が聞こえていたのである。

タバサは相変わらずの無表情。何を噂されてもどこ吹く風である。

村長の家は、段々畑が連なる村の、一番高い場所にあった。

タバサとシルフィードが通されたのは、一階の居間であった。

上座に腰掛けたシルフィードに、村長は深々と頭を下げた。白い髪に髭《ひげ》の、人のよさそうな老人であった。

「ようこそいらっしゃいました。騎士様」

それから顔をあげ、じっとシルフィードの顔を見つめる。

「ん？　なんかついてる？」

そばに控えたタバサが、ぽそっとつぶやいた。

「名前」

あ！　そうだった！　と大仰に跳ねながら、シルフィードは名乗った。

「ガリア花壇騎士、シルフィード！　〝風〟の使い手なの！」

村長は、きょとんとした。

「シルフィード？」

シルフィードは青くなった。何かおかしいことを言ったのだろうか？　タバサを横目で見たが、困ったように頬《ほお》をかくばかりでなんのアドバイスもくれない。

そのうちに村長が勝手に解決してくれた。

「ああ、そうか！　世を忍ぶ仮のお名前ですな！　シルフィード、風の妖精《ようせい》とは、ご趣味のいいあだ名でございますな！　ガリア花壇騎士ともなれば、平民に名乗れようはずもない！　これは大変失礼いたしました」

そう言って深く、一礼した。シルフィードは満足そうに頷《うなず》く。

再び無言の時間が流れた。

タバサは村長に見えないように、後ろからシルフィードの背中をぎゅっとつねる。

「いたい！　そ、そうだったわ！　では村長さん、事件を詳しく説明して欲しいの」

そんな二人の様子に首を捻《ひね》りつつも、村長は説明をはじめた。

村長の説明は、報告書とあまり変わるところがなかった。

二ヶ月前に、十二歳の少女が犠牲になったのを皮切りに、九人ばかりが犠牲になったこと。

「二人ほど犠牲者が出たあと、夜出歩く村人はいなくなったんですじゃ。でも……、あの忌々《いまいま》しい吸血鬼はこっそりと家に忍び込み、血を吸うんですじゃ……。犠牲者の家族が朝になって見るものは、ベッドの上で血を吸われ、変わり果てた姿になった親兄弟の姿なんですじゃ」

シルフィールドは再び青い顔になった。

「吸血鬼はご存知のとおり、太陽の光に弱いために、日中、外を歩くことができませんでな。おそらく昼間は森に潜んでおるのでしょう。だから森に出かける村人もいなくなってしまいました」

「恐《こわ》い！」

「そう、恐《こわ》いんですじゃ。しかし、一番恐いのは……」

村長は悲しげな表情を浮かべた。

「吸血鬼が操る〝屍人鬼《グール》〟の存在ですじゃ」

タバサの目が、軽く細まった。

「下の街に出かけた際に寺院の神官さまに聞いたんじゃが……、吸血鬼は血を吸った人間を一人、己の意のままに操ることができるそうですじゃ。つまり、村の人間のうち誰《だれ》かが、〝屍人鬼〟になって、夜な夜な森に潜んだ吸血鬼の手引きをしていると……、そう村人たちは思っているんですじゃ……。したがってお互いにあいつがグールじゃないのか？と疑い始める始末でな……、村を捨てるものも増えております」

シルフィードはちょっと哀《かな》しくなった。疑心暗鬼におちいった村人たちは、争いを始めるに違いない、と感じたからだった。

「〝屍人鬼〟には、吸血鬼に血を吸われた傷があるはずだわ」

「そう思って確かめたのですが……」

村長は困った顔になった。

「なにせこんな田舎ですからの。畑作業や森で、虫や蛭《ひる》に刺されたりするものも多いですしな……。首に傷があるものだけでも、七人ほどもおりましたわい。特に山ビルは首を狙《ねら》ってつきますからの……」

シルフィードはタバサを見つめた。タバサはかすかに首を振る。

たとえ傷があっても、それを吸血鬼がつけた傷と特定することは難しいのであった。

「そんなわけですじゃ」

そう言って村長がうつむいたとき、タバサは二言三言、シルフィードに囁《ささや》いた。シルフィードの顔が青くなる。しかしタバサの命令である。観念して、シルフィードは指示どおりの言葉を口にした。

「ちょ、調査の前に、村長さんの身体《からだ》を改めさせてくださいの！」

村長はぽかんと口をあけた。

「わしが〝屍人鬼〟だと、疑っておいでになるんで？」

シルフィードは硬い表情で頷《うなず》いた。

「……こんな老いぼれですじゃ。恥ずかしいことなど何もありませんわい。存分にお確かめください」

村長は裸になり、生まれたままの姿になった。老いてはいても、過酷な山育ちのためか、がっちりとした身体つきであった。タバサがシルフィードを押しのけ、年頃《としごろ》の女の子らしからぬ冷静さで、村長の身体を改める。

余さず身体を調べたあと、タバサは無言で頭を下げた。

「疑いは晴れましたかの。では騎士さま、よろしくお願いしますじゃ」

そのとき……、シルフィードはドアの隙間《すきま》から小さな女の子が顔を覗《のぞ》かせていることに気づいた。五歳ぐらいの、美しい金髪の少女である。

人形のように可愛《かわい》い女の子だ。

「まあ可愛い！」

シルフィードが、素《す》っ頓狂《とんきょう》な声をあげた。

びくん！　と少女は身をすくめた。

「おいでおいで」

シルフィードに呼ばれて、困ったように、少女は村長を見上げた。

「お入りエルザ。騎士さまにご挨拶《あいさつ》なさい」

怯《おび》えた表情で入ってきて、硬い仕草で一礼した。

可愛い女の子が大好きなシルフィードが、思いきり抱きついた。

「なんて可愛いの！　食べちゃいたいくらい！　きゅいきゅい！」

そんなシルフィードの耳元で、タバサがつぶやく。

「ええええええ！　この子も確かめるの？」

タバサは頷《うなず》いた。村長が、首を振った。

「この子は勘弁してやってください」

ガタガタと少女は震え出した。

シルフィードも頷こうとしたが、タバサに背中をつねられて跳び上がる。

「だ、ダメなの！　例外は認められないの！」

村長は悲しげに頷き、少女につぶやいた。

「服をお脱ぎ。エルザ」

　泣きそうな顔で、エルザは服を脱ぎ始める。透き通るように白い肌が現れた。タバサはその身体《からだ》を無表情に確かめていく。タバサは隅々まで調べあげたあと、頷いた。

「よく我慢したねー。いい子だねー」とシルフィードが顔を近づけると、エルザはついに泣き出してしまった。服をつかんで部屋を飛び出していく。

「ありゃん。そんなにわたしが恐《こわ》いの？　綺麗《きれい》なはずじゃないの？　きゅい！」

「失礼をお詫《わ》びします。でも、堪忍してやってください……。あの子はメイジが恐いのですじゃ」

「どうして？」

　と無邪気な声でシルフィードが問うた。村長はどうしたものか、と迷ったそぶりを見せたあと、口を開いた。

「エルザはメイジに両親を殺されておりますのじゃ」

「両親？　村長さんの娘じゃないの？」

　シルフィードは首をかしげた。しかしよくよく考えてみれば、親子にしては年が離れすぎている。

「エルザはわしの本当の子ではないのですじゃ。一年ほど前、寺院の前に捨てられておったのです。聞けば両親はメイジに殺されて、ここまで逃げてきたとのことでの。おそらく行商の旅人が、なんらかの理由で無礼討ちにされたか、メイジの盗賊に襲われたか……。

まったく森は、妖魔以外の危険もいっぱいですじゃ。早くに子をなくし、つれあいも死んでしまったわしには、家族がおらんでな、引き取って育てることにしたんですじゃ」

それから村長は遠い目になった。

「わしはあの子の、笑った顔を見たことがないのですじゃ。体も弱くて……、あまり外で遊ぶこともさせられん……。一度でいいから、あの子の笑顔を見たいもんじゃのう……。それなのに村では吸血鬼騒ぎ。早いところ、解決して欲しいもんじゃ……」

シルフィードは思わずタバサを見つめてしまった。

そんな境遇の少女を傷つけたというのに、タバサときたらどこ吹く風の無表情。

でも、責める気にはなれない。この青い髪のご主人さまも、同じように笑顔を置き忘れてきた少女であるからだった。笑うことを捨て、冷徹なまでに花壇騎士として任務を遂行している……。そんなタバサが笑顔を取り戻すのはいつのことだろうか、とシルフィードはちょっぴりせつなくなった。


タバサとシルフィードは、調査を開始した。

まずは、犠牲者が出た家々を回ってみた。吸血鬼は若い女の血を好む。なるほど、犠牲者は騎士を除いて若い女性ばかりであった。

状況はいずれもほぼ同じ。

扉を固く閉じ、窓を閉めきっているのにもかかわらず……、吸血鬼はどこも壊さずに入ってきて、ベッドに寝ている犠牲者の血を吸い尽くしていく……。扉や窓を釘《くぎ》で打ちつけたり、家のものが寝ずの番を行ったりしたが……、どうにも眠ってしまうのであった。

タバサとシルフィードは顔を見合わせた。

「〝眠り〟の先住魔法ね」

〝風〟の力を利用した初歩の先住魔法。空気があればどこでも唱えることが可能なその先住魔法で家人を眠らせ、犠牲者の血を吸うらしい。

最後の犠牲者が出た家で部屋を改めながら、シルフィードは首を捻《ひね》った。

「でも、どこから吸血鬼は入ってくるのかしら？」

そう、その家にはどこにも侵入された形跡がないのだ。

部屋は惨劇のあったままに、とどめおかれていた。この家の長女であった遺体は運ばれて埋葬されたが、ベッドも、備えつけの家具もそのままである。

窓には厳重に板が打ちつけられていて、はがされた形跡もない。家の扉の鍵《かぎ》はかかったまま。もし、扉の鍵を外せたとしても、扉の前には家具が山と積まれている。

つまり、部屋は密室なのであった。

「おねえ……、もとい、タバサや。なにかわかったかい？　きゅい」

精一杯主人ぶって、シルフィードが傍らのタバサに尋ねる。

細い煙突を調べていたタバサは、煤《すす》だらけになっていた。

「煙突なんか調べてどうするんだい。こんな細いところくぐれるわけないじゃないの！　きゅい！　ちゃんと調べなさい！」

　タバサは神妙に頭を下げた。

「ごめんなさい」

「つかえない小娘ね。たまには気のきいたこともお言いなのよ」

　そう言ってタバサの頭を杖《つえ》でつつく。

　タバサはされるがままに、ぐらぐらと揺れた。

「吸血鬼は蝙蝠《こうもり》になって家の隙間《すきま》から入ってくるといいます。ほんとうなのでしょうか？」

　襲われた娘の親が問うた。シルフィードは首を振る。

「んー、それは迷信なの。吸血鬼はなにかに化ける高度な魔法なんて使えないわ。あいつらの恐《こわ》いところは、その狡猾《こうかつ》さなの」

　そうですか、と娘を失った老夫婦は肩を落とした。

　窓の外に、荷物を満載した馬車が、ごとごととあぜ道をゆくのが見えた。そんな光景を見て、寂しそうに老いた父親が言った。

「村を捨てて出て行く人たちです。若い娘がいる家は、ああやってどんどん出て行きます。わしらも引っ越しの準備をしておったんじゃが……」

　間に合いませんでしたねえ、と老婦人がつぶやいた。

外に出ると騒ぎが起こっていた。

十数人の村人たちが、物々しい雰囲気で歩いていく。みんなそれぞれ、鍬《くわ》や棒などの得物を携えている。火のついた松明《たいまつ》を持っているものもいた。

「なんなのかしら？　出入り？」

と、とぼけた声でシルフィード。

タバサは無言で村人のあとについていった。しかたなくシルフィードもあとを追う。せっかく立場を逆に入れ替えたのに、こうなるとどっちが従者でどっちが主人なのかわからない。

村人たちが向かったのは、村はずれのあばら家だった。

その家を取り囲み、口々にわめいている。

「出てこい！　吸血鬼！」

シルフィードは青くなった。思わず素の口調に戻ってしまう。

「まあお姉さま！　吸血鬼ですって！　きゅい！」

あばら屋の中から年のころ四十前ほどの、屈強な大男が出てきて、集まった村人たちに大声で怒鳴った。

「誰《だれ》が吸血鬼だ！　失礼なことを言うんじゃねえ！」

「アレキサンドル！　お前たちが一番怪しいんだよ！　よそ者が！　ほら吸血鬼を出せ！」

「吸血鬼なんかいねえよ！」

「いるだろうが！　昼だっつうのにベッドから出てこねえババアが！」

「おっかぁを捕まえて吸血鬼とはどういうこった！　病気で寝てるだけだ！　言っただろう？」

額に青筋を浮かべて男がつぶやく。

「いいからここまで連れてこい！　俺《おれ》たちが確かめてやる！」

「できるわけねえだろう！　病気で寝てるんだから！」

「日の光に当てたら皮膚が焼けちまうからだ！　そうだろ⁉」

「だから病気だって言ってるだろ！」

村人たちはそんなアレキサンドルを押しのけて、あばら家の中に入って行こうとした。

アレキサンドルがその前に立ちふさがる。

「なんだアレキサンドル！　やろうっていうのか！」

「いい加減にしろって言ってるんだ！」

もみ合いになりそうになったとき……、中にシルフィードが割って入った。

「やめて！　争うのはやめてくださいな！　なの！」

「なんだよコラ！　女は引っ込んでろ！」

しかし、村人の一人がシルフィードの握った杖《つえ》に気づいた。

「貴族！」

「お城からいらっしゃった騎士さまじゃねえか」

そこでシルフィードは、得意げに胸をそらせた。

「そうなの。わたしってば、由緒正しいガリア花壇騎士なの。さからっちゃだめなのー！」

「だったらこの家のもんを調べてくだせえ！　間違いなく、吸血鬼だ！」

シルフィードは哀《かな》しくなった。昼間、村長が言っていたのはこれなのだ。村人たちは疑心暗鬼におちいっている。

このままでは、ちょっとした疑いだけで、誰《だれ》かをつるし上げる事態になりかねない。

「わたしたちがちゃんと調べるから、ちょっと待っててなの！」

貴族とは思えないそんなシルフィードの物腰に、村人たちは不審そうな顔つきになった。

「ほんとに貴族なのか？　あんた」

「しょ、正真正銘の貴族だもの！」

「だったら何か魔法を使ってみせてくれ」

シルフィードは青くなった。

今は〝変化〟の呪文《じゅもん》で姿を変えている。いかな古代の風韻竜《ふういんりゅう》のシルフィードといえど、高度な呪文を使っている最中に、他《ほか》の呪文は唱えられない。

それにメイジが使う呪文と、シルフィードが使う先住の魔法は、効果も詠唱も内容も違う。村人たちにその違いがわかるとも思えないが、万一違いのわかる人物がいたときは、シルフィードの正体がバレてしまうかもしれない。

困ってしまい、シルフィードは隣に佇《たたず》むタバサに目配せした。

しかしタバサときたら、ぬぼーっと突っ立っているばかりで、なんのアドバイスもしてくれない。

「……お姉さま」

「なんだよ！　魔法が使えないのか？」

「そんな騎士さまがいるものか！」

シルフィードは慌てた。きゅいきゅいわめいて、泣きそうになってしまった。そこでタバサが、口を開いた。

「この騎士さまは、音に聞こえた偉大なメイジである」

「子供は黙ってろ！」

本に書かれた文字を棒読みするような調子で、タバサは無表情に言葉を続けた。

「ただし、今は精神力がたまってないのである。従ってあなたたちが望むような呪文《じゅもん》を唱えることができないのである」

「お城はなにを考えてるんだ！　そんな情けない騎士なんかよこすな！」

村人たちはあきれた声で言った。

「こらこら！　お前たち！　何をしておるんじゃ！」

そこに村長がやってきた。

「騒ぎが起こっていると聞いて飛んできてみれば！　証拠もないのに、誰《だれ》かを〝屍人鬼《グール》〟と決めつけるなんてとんでもないことじゃ！　吸血鬼も恐《こわ》いが、我らがお互いいがみ合うような事態はもっと恐いんじゃ！」

そう言われて、村人たちはしゅん、と頭《こうべ》を垂れた。

「でも村長……、アレキサンドルが怪しいというのには、ちゃんと理由があるんで」

「言ってみるんじゃ」

「あいつの首は、ほら、二つの牙《きば》のあとがあるんですよ」

アレキサンドルは激昂《げっこう》した。

「だから山ビルに食われたあとだって言ってあるだろう？　何度言ったらわかるんだよ！」

タバサとシルフィードは、近づいて傷を覗《のぞ》き込んだ。確かに赤い傷が二ついている。

しかし……、治りかけなので、虫にさされた傷と区別がつかない。怪しいといえば怪しいが、それだけで断定できるものでもなかった。

「首に傷がついているのは俺《おれ》だけじゃないだろう？　よそ者だからって、俺ばっかり疑うのはひでえじゃねえか」

「とりあえず、お前の母親を改めさせてくれ」

そう言ったのは薬草師のレオンであった。村人たちが同調して、んだんだと頷《うなず》く。

「わかったよ！」とアレキサンドルはあばら家の中に村人たちを案内した。中は一部屋しかない。土間が続き、奥に粗末なベッドが見えた。村人たちがどやどやと入ってきたことに気づき、その上に寝ていた老婆が身を起こす。

「おい！　マゼンダ婆《ばあ》さん！　失礼するぜ！」

村人の一人がそう怒鳴り、マゼンダ婆《ばあ》さんは怯《おび》えたように身をすくませた。枯れ木のように細い、痩《や》せこけた老婆であった。ところどころ破れた、ボロボロの赤い寝巻きを着込んでいた。

老婆は居並ぶ村人たちを見ると、「おお、おおお……」と、うめいて布団をかぶってしまった。

村人たちは顔を見合わせる。それでも薬草師のレオンが近づいて、婆さんの布団を引っぺがそうとした。

「なにをするんだ！　やめろ！」とアレキサンドルが詰め寄った。そんな彼を、村人たちがはがいじめにした。

レオンはがたがたと震える老婆の口を、両手でこじ開けた。

「どうだ？　レオン！」

「お袋は、牙《きば》どころか歯すらねえよ！」

アレキサンドルが怒鳴る。レオンも頷《うなず》く。困ったようにことの成り行きを見守っていたシルフィードたちに顔を向けた。

「騎士さま、確か吸血鬼は、血を吸う寸前まで牙をしまっておけるんでしたね？」

シルフィードは横目でタバサを見つめた。こくり、とタバサが頷く。

「そ、そうなの」

「じゃあ、歯がないからって吸血鬼ではないと決まったわけじゃない」

「なんだと！」

アレキサンドルが激昂《げっこう》した。あばら屋の中は、騒然となった。

村長が諌《いさ》めた。

「お前たちやめるんじゃ！　皆が争ってどうするんじゃ！」

村長に説得され、村人たちは顔を見合わせ、しぶしぶ引き返していった。

「というわけですじゃ。騎士さま、本当によろしくお願いいたします。わしに協力できることなら、なんでもしますからの」

村長は神妙に頭を下げた。

タバサはさっそくシルフィードを通じて村長に頼み事をした。

自分が宿泊している村長の屋敷に、村に残っている若い娘たちを集めたのである。その数はおおよそ十五人ほど。一時的な避難場所であった。

タバサたちの隣の部屋である大きな客間に、娘たちは押し込まれることになった。一箇所に集めたら、一度にやられてしまう、と心配の声をあがったが、騎士さまが隣にいなさるから安心じゃ、と、村長が説得した。

それだけのことをすると、タバサは調査を切り上げ、まだ昼間だというのにさっさと寝てしまった。

夕方になると、タバサはぱっちりと目を覚ました。

それから隣で寝ていたシルフィードをぴちぴち叩《たた》いて起こす。

「ふが……、おあひょう、お姉さま。といっても夕方ね……」

それからシルフィードは頬《ほお》を膨らませた。

「お姉さまひどいわ！　昼間はわたしに恥をかかせて！　みんなに詰め寄られて、わたし泣きそうになっちゃった！　きゅいきゅい！」

タバサは答えずに、寝巻き姿のまま、ベッドの横に降り立った。

「どうしてわたしに騎士役なんかやらせたの？　ひどい！　恥かいた！　きゅいきゅい！」

シルフィードを指差し、タバサは短く言った。

「囮《おとり》」

さぁーっとシルフィードの顔から血の気がひいた。タバサの目的を理解したのである。

「今からわたしは杖《つえ》をおいて、外でも歩くのね？」

タバサは頷《うなず》いた。

メイジは杖を持たなければただの人である。杖なしで歩いている姿は、無防備以外の何物でもない。吸血鬼にしてみれば、自分を退治しに来たメイジがそんな姿で歩いていたら、絶好のチャンスと思うことだろう。

タバサは当初からこういう目的で使うつもりで、自分を人間に化けさせたのだ。

さきほど、村人たちを前にしての『今日は精神力が足りない』云々《うんぬん》の発言も、今日はこのメイジ役に立ちませんよ？　というアピールなのだ。芸が細かいと感心すると同時に、目的のためなら手段を選ばない強引さにかちんとくる。

「お姉さまはほんと、竜使いが荒いのね！」

　無言でタバサは杖を握った。


　さすがに杖なしで外を歩いたら怪しまれるし、屋敷に集めた娘たちも守らねばならないので、村長の屋敷の庭でシルフィードは酒を飲んで酔っ払っているフリをした。

「吸血鬼ですって？　違うわ！　あれは吸血鬼に見せかけた変質者のしわざよ！　間違いないわ！」

　そんな風に騒ぎ立て、任務に不満をもっているかのような演技を行いながら、庭に座り込んでワインをぐびぐびやるのである。

　そんな愚痴をこぼす演技をしていると、ついでにご主人さまに対する不満も飛び出てしまう。

「まったくひどいわ。誰《だれ》をこき使っていると思ってるの？　わたしをなんだと思っているのかしら？　あのチビすけ、今度殴ってやるわ！　きゅい！」

するど、植え込みの陰から小石が飛んできてシルフィードの頭を直撃した。

「あいで！」

　庭の隅っこの納屋に潜んだタバサが投げたのであった。シルフィードは頭をさすって、恨めしげに納屋のほうを見やった。シルフィードの小さなご主人さまは、あそこで吸血鬼を釣り上げるつもりなのであった。使い魔の自分を餌《えさ》にして……。

人間に化けた自分が吸血鬼に血を吸われたらどうなるのだろうか？

そんなこと聞いたことも考えたこともなかったので、根が臆病《おくびょう》なシルフィードはぶるぶると震えた。

「お姉さま、ちゃんと守ってよね。きゅい！」

そんなことつぶやきながらぐいぐいワインをあけていると、シルフィードは本格的に酔っ払ってきた。酒に弱いシルフィードであった。

二つの月が高く上り、辺りを妖しく照らし始めた。

二時間ほど、待ってみたが、吸血鬼が姿を現す雰囲気は感じられない。

そのときである。

屋敷からか細い悲鳴が聞こえてきた。

「……きぃやあああああああああ」

咄嗟《とっさ》にシルフィードは二階を見上げた。

今日の昼間、娘たちを集めた部屋ではない。そして、あの幼い悲鳴は……。

納屋からタバサが飛び出すのが見えた。

いっしょにシルフィードも駆け出す。

悲鳴が聞こえてきたのは、一階にあるエルザの部屋からだった。窓が割られている。杖《つえ》をつかんだタバサとシルフィードはその窓から中に飛び込んだ。

「いやぁああああああああああああああ！」

毛布をかぶってガタガタと震えていたエルザは、大きな悲鳴をあげた。

「大丈夫。わたしたちだから！　きゅい！」

シルフィードがそう言って、エルザを安心させようとしたが、少女は震えるばかり。そんな様子を見て、シルフィードが義憤にかられたような声で言った。

「こんな小さな女の子まで襲うなんて……、きゅい！」

台所の鍋《なべ》に入っていたスープを温めて持ってきて飲ませたが、緊張していたエルザは吐き出してしまった。それでも身体《からだ》が温まってくると、小さな怯《おび》えた声で何が起こったのかを語り始めた。

「……お、男の人がいきなり入ってきて。わたしの身体をつかもうとしたの」

「どんな人だったの？」

と、シルフィードが尋ねる。その顔を見ると、エルザはひ！　とうめいて毛布を被《かぶ》ってしまった。あ、そうか、とシルフィードは思った。かつて両親をメイジに殺された彼女はメイジが恐《こわ》いのだ。

「お、おねえちゃんもメイジなの？」

毛布の隙間《すきま》から、杖を握ったタバサに少女は問いかける。タバサは、シルフィードに杖を恭しく渡すと、再び少女に向き直る。

「わたしはメイジじゃない。ちょっと騎士さまの杖《つえ》を預かって磨いていただけ。だから安心して」

「魔法を使わない？」

「使えない」

　タバサは表情を変えずに言った。

　やっとのことで、少女は何があったのかを語り始めた。

「寝てたら……、耳のそばで荒い息がしたの……。そして目を開けたら……、男の人が立って、わたしをじっと見つめていたの。わたし、びっくりして叫んだの」

　エルザは泣きそうな顔になって、タバサにしがみついた。

「口から……、口から牙《きば》が生えてて……、だらだら涎《よだれ》が垂れてきて……。ひっぐ、うっぐ、えぐ……」

　少女は泣き出した。

「もう大丈夫。その人は見覚えのある人だった？」

「……暗くてわかんなかった」

　近づくタバサたちになんらかの方法で気づいたのか、男は何もせずに入ってきた窓から出て行ったという。それからすぐに、そこからタバサたちが飛び込んできたらしい。

「だから……、おねえちゃんたちが、吸血鬼だと思ったの……」

「出て行く姿は見えませんでしたわね。ちょうど入れ違いになっちゃったみたいですわ」

シルフィードが残念そうに言った。

おそらく飛び込んできたのは屍人鬼《グール》だろう。村人の誰《だれ》かわかれば、重要な手がかりになったのに……、とシルフィードは地団太を踏んだ。


二階の客間で、階下の騒ぎに怯《おび》えていた若い女たちに事情を説明したあと、タバサたちはエルザを連れて部屋に戻ってきた。

どうにもエルザは怯えていたので、タバサたちの部屋で寝ることになったのだ。

「では騎士さまは寝るの。きゅい」

と、シルフィードは杖を抱いてベッドにもぐりこむ。何かあればタバサに投げ渡すつもりだ。今はエルザの目があるために、騎士役の自分が預かっているのであった。

ベッドの隣にしいた毛布の上にエルザを横たえようとしたら、「恐《こわ》い……」と、ベッドからはみ出した、シルフィードが抱えた杖を見てエルザがつぶやく。

タバサは怯える娘を抱きかかえた。

「おいで」

壁際まで向かい、そこで壁を背にして座り込む。小さなタバサの細い足の間に、抱えるようにしてエルザを寝かす。タバサの薄い、子供のような胸を背もたれにして、少女はやっと安心したように目をつむった。

タバサが目をつむらないのに気づいたのか、エルザが口を開いた。

「おねえちゃん、眠らないの？」

「うん。吸血鬼がきたら、騎士さまを起こさなくちゃならないから」

タバサは頷《うなず》いた。

「大変だね」

「それが仕事だから」

「おねえちゃん、まだ子供だよね」

少女はタバサのぺたんこの胸を触りながらつぶやいた。

「子供なのに、えらいなあ。いっしょうけんめい、いっしょうけんめい働いてて、えらいなあ」

タバサを見上げて、エルザはつぶやく。

「おねえちゃんのパパとママはなにをしているの？」

しばらくの沈黙があって、タバサは答えた。

「パパはいない。ママはいる」

「そう。わたしのパパとママはね、メイジにころされたの。わたしが見てる前で。魔法で。まるで虫けらみたいに……。だからわたしメイジはきらい。おねえちゃんのパパはどうして死んじゃったの？」

タバサはちょっと目をつむり……、小さくつぶやいた。

「殺された」

「魔法で?」

　タバサは首を振った。

「魔法じゃない」

「じゃあママはどうしてるの?」

「寝たっきり」

　タバサは母の姿を脳裏に浮かべた。

　父を殺したやつらのワナから自分をかばって薬をあおいだ日に、心の中で時を止めてしまった母の姿を……。彼女は心の時間を止めた日から、部屋の中でタバサのことを守りつづけている。だから自分は、その部屋の外で母を守らねばならない。父の仇《かたき》に頭を下げても、その娘の靴を舐《な》めてでも……。

　じっと黙っているタバサを見て、エルザがぽつりとつぶやいた。

「おねえちゃん、人形みたい」

「どうして?」

「あんまりしゃべらないし……、笑ったりしないし。ぜんぜん表情がかわらないもの」

　タバサは無邪気なエルザの目を見つめた。エルザの瞳《ひとみ》に、自分の顔がうつっている。その顔はいかなる感情をも浮かべていない。

「あは、ほんとにお人形みたい」

　タバサの胸にエルザは顔をうずめ……、安心したように目をつむって、寝息をたて始めた。

　そこに村長が、娘たちにことのあらましを聞いて飛び込んできた。

「エルザ！　おおエルザ！　無事だったか！」

　ベッドから身を起したシルフィードが寝ついたエルザを指差し、唇に、しぃーっと指を当てた。

「襲われたと聞いて、心臓が胸から飛び出るかと思いましたわい……、いや、どうやら無事なようでほっとしました。子も孫もないこの老いぼれにとっては生きがいみたいな娘ですからのう……」

「今晩から、わたしたちが預かるわ。きゅい」

　そう言われ、村長は深いため息を漏らした。

「はぁ、そうしてくだされば安心ですじゃ……。しかし、まさかこんな小さな子まで狙《ねら》うとは……、なんともはや、吸血鬼というのは血も涙もない連中なんですのう……」

　夜通しエルザを見守ったあと、タバサはやっと眠りについた。

　昼過ぎに目を覚ましたタバサは、再びシルフィードといっしょに村の様子を見てまわった。

　昨夜の話題で、村は持ちきりだった。

「村長のところの、エルザが襲われたそうだ」

「あの子はまだ五歳だぞ？　そんな幼児の血まで吸血鬼は吸うのか？」

結果、小さな幼子まで、村長の屋敷に避難させることになった。

「騎士さま、先日は失礼しました」と、昨晩シルフィードとタバサに食ってかかった村人たちも頭を下げに来た。

どうやら村人たちは、昨晩襲われたのにもかかわらず、犠牲者が出なかったことでタバサたちを信用する気になったらしい。

しかし、いい天気だった。ぽかぽかと暖かい陽《ひ》ざしに照らされた村は、どこまでも平和な雰囲気だ。村長の家へと帰る道すがら、シルフィードがつぶやく。

「別に、わたしたちなにもしてないのにね」

タバサも頷《うなず》く。

「で、お姉さま、これからどうするおつもり？」

すっとシルフィードを指差し、タバサはつぶやく。

「囮《おとり》」

「今日もわたしが囮なのね……」とシルフィードはため息をついた。それからタバサはシルフィードに二言三言、つぶやいた。

唖然《あぜん》としていたシルフィードだったが、にっこりと笑って大きく頷いた。

「いいのね？」

タバサはこくりと頷いた。

「容赦しないわよ。きゅい」

「かまわない」

シルフィードは大きく深呼吸すると、大声で怒鳴った。

「この！　ほんとにお前は使えない従者だこと！」

その叫びに、遠くにいた村人たちがなんだなんだと寄ってきた。十分に人が集まったことを確認すると、シルフィードは再び大声をあげた。

「今、お前はこの杖《つえ》を蹴《け》飛《と》ばしたね？　間違って足が当たったなんて言い訳はききませんよ？　きゅい！　まったくもって、始祖ブリミルと魔法と貴族に対して敬意が足りてない証拠なのね！」

タバサは従順に頭を下げた。

「すいません」

「わかったら、今日わたしが寝たあと、しっかりと杖を朝まで磨くのよ！」

「はい」とタバサは何度もシルフィードに頭を下げた。

愉快になってきたシルフィードは、タバサの頭をぺしぺしと杖で叩《たた》いた。

「お前はほんとに、使えない従者なのね」

村人たちが、心配そうに自分たちを見つめている。騎士と従者のそんなやり取りは、すぐに村中の話題になるだろう。

やがて日が傾き……、再び恐怖の夜が始まった。

村中の赤子や幼子や若い娘が集められた村長の屋敷は、まるで孤児院のような騒ぎになった。そこここから赤子の泣き声や、娘たちの声が聞こえてくる。

そんな大騒ぎの屋敷で、タバサは身じろぎもせずに、与えられた部屋の壁際に腰掛けていた。

エルザがその前にちょこんと座って、タバサの顔を見上げていた。どうやらすっかり懐いたらしい。

タバサの元に、夜食のスープが運ばれてくる。村長の屋敷に泊まっている娘たちが作ってくれたものだ。

「わぁ！　おいしいのね！」

とベッドの上でシルフィードが歓声をあげている。それからシルフィードは、いっしょにつけられたサラダを食べ始めた。

一口含んで、ぶほっ！　と吐き出す。

「なにこれ！　苦い！　きゅいきゅい！」

給仕についていた娘が慌てて説明する。

「し、失礼しました。村の名物で、ムラサキヨモギっていうんです。物凄《ものすご》く苦いんですけど、身体《からだ》にはよくって……」

「苦いのやだ。お肉食べたい。おーにーくー」

シルフィードは文句を言い始めた。タバサはすっくと立ち上がると、つかつかとシルフィードの元へ向かい、サラダの入った皿を取り上げる。そのサラダをぺろんと平らげると、皿の底を覗《のぞ》き込んだ。

「あ、あの……、おかわりならありますけど……」

こくり、と頷《うなず》いてタバサは皿を渡す。運ばれてきた山盛りのムラサキヨモギのサラダを、再びぺろんと食べてしまう。

シルフィードがあきれた顔でつぶやく。

「よくそんなに苦いの食べられるね」

タバサは口いっぱいに三杯目のサラダをほおばりながら、まっすぐに前を見つめている。

そんな様子を見ながら、ぽつりとエルザがつぶやいた。

「ねえおねえちゃん、野菜も生きてるんだよね」

タバサは頷いた。

「スープの中に入ってたお肉も、焼いた鳥も、全部生きてたんだよね？」

「うん」

「全部殺して食べるんだよね。どうしてそんなことをするの？」

短くタバサは答えた。

「生きるため」

すると、エルザはきょとんとした声で、

「吸血鬼も同じじゃないの？」

エルザは再び無邪気な声で尋ねる。

「吸血鬼がにんげんの血を吸うのだって生きるためじゃないの？」

タバサは、いつもの声でこたえた。

「そう」

「だったら、なんで邪悪だなんて言うの？　やってることは同じなのに……」

給仕の女の子は、そんなエルザをたしなめた。

「エルザちゃん、吸血鬼に血を吸われて死んじゃったらイヤでしょう？　そういうことよ」

「うん。でも、牛さんだって野菜だって、食べられたらイヤなはずだよ？」

「お肉やお野菜は、おいしく食べられて幸せなんだよ。わたしたちの身体《からだ》になるんだから」

「だからそれは、吸血鬼も同じじゃないのってわたし思うの」

給仕の女の子は、言葉に詰まった。

するとエルザは、再びタバサの顔を覗《のぞ》き込んだ。

「ねえおねえちゃん。どうして？　なんで人間はよくって、吸血鬼はいけないの？　どうして？」

タバサは問い返した。

「なんでわたしに聞くの」

「おねえちゃんなら、答えてくれそうな気がするんだよ」

「どうして」

「よくわかんない。きっと……、目が冷たいからかな。まるで冷たい風が吹いているみたい。冷たい風。冬のね、雪が降ってる日に、吹いてる風みたいな……、そんな冷たい風を感じるの。その風は冷たいけど……、ほんとうのことしか言わない気がするの」

タバサはじっと娘を見つめた。ご飯を食べ終わったシルフィードが、つぶやいた。

「さて、おなかいっぱいになったから眠くなったのね」

それからシルフィードは昼間の打ち合わせどおり、タバサに杖《つえ》を渡す。

「じゃあ、わたしは寝るから、昼間言いつけた通りにしっかりと磨くのよ。何かあったらすぐにわたしに手渡すのよ。おほほほほ」

それは昼間打ち合わせた、囮《おとり》作戦であった。昼間の騒ぎは、今日メイジのそばには杖がありませんよ、というアピールなのである。もちろんそばで磨いてたら、吸血鬼は襲ってこないであろう。しかし、タバサがシルフィードから離れていたら？

これからタバサは、一階に行って杖を磨くつもりであった。そんなタバサに吸血鬼が気づけば、二階のシルフィードを襲うか、タバサを襲って杖を取り上げようと思うに違いない。タバサはそう計算したのであった。

「おねえちゃん、どこに行くの？」

「一階」

「わたしも行っていい？」

タバサはちょっと考えたあと、頷《うなず》いた。

そして一階に下りようと、ドアに近づいた瞬間……。

バリーンッ！　と窓が割れる音がした。

隣の部屋だ。

ついで、きぃやぁあああああああ！　いやぁああああああ！　と、避難した娘たちの悲鳴が聞こえてくる。

タバサは立ち上がった。

シルフィードもベッドから立ち上がる。

隣の部屋に駆け込むと、そこではとんでもない騒ぎが起こっていた。

一人の男が、一人の娘の髪をつかんで、入ってきた窓から出て行こうとしている。

腰をぬかして怯《おび》えている娘の一人がタバサたちに気づき、叫んだ。

「騎士さま！　アレキサンドルよ！　やっぱり彼が〝屍人鬼《グール》〟だったのよ！」

果たしてその男は、アレキサンドルであった。

しかし、昼間見た朴訥《ぼくとつ》な雰囲気はどこにもない。目は血走り、口の隙間《すきま》からは牙《きば》が覗《のぞ》き、ふしゅ、ふしゅる、と獣のような妖魔のような吐息が漏れている。

吸血鬼の意志で、送り込まれたその血が解放されたのだろう。〝屍人鬼〟になってしまった人間は、このように〝主人〟たる吸血鬼の意志で、その本性を発揮するのだ。主人と同じように、そうでないときは人との見分けがつかない、実に厄介な存在であった。

入ってきたタバサに気づき、アレキサンドルは少女の髪をつかんだまま、逃げ出そうとした。

こうなったら隠している余裕はない。

タバサは小さく呪文《じゅもん》を唱えて杖《つえ》を振る。

「イル・ウィンデ」

風の刃《やいば》が腕を切り裂き、屍人鬼は女の子の髪をつかんだ手を離してしまう。

屍人鬼になってしまったアレキサンドルは、入ってきた窓から逃げ出していく。タバサはあとを追いかける。

屍人鬼になった人間の足は、森の獣並みだ。人間の足では追いつけないが、タバサは〝フライ〟の呪文を使って、飛んで追いかけた。

月明かりの下、見失うことなくアレキサンドルの前に回りこんだ。

獣の咆哮《ほうこう》をあげ、アレキサンドルが傍らの杭《くい》を引き抜いた。熊《くま》のような力である。

一度、〝屍人鬼〟になってしまっては、もう元には戻れない。死して、吸血鬼に操られているだけの存在に過ぎない。要は先住の〝水〟の力で動く死体と同じなのだ。

それでもタバサは目をつむると、小さく祈りの言葉を口にした。

「始祖よ。不幸な彼の魂を癒《いや》したまえ」

ついで、呪文を詠唱。とびかかってきた屍人鬼に向けて杖を振る。

「ラグーズ・イス・イーサ……」

した。

いくつもの氷の矢が現れた。

〝ウィンディ・アイシクル〟

タバサお得意の、空気中の水蒸気を氷結させ、矢とする攻撃呪文《じゆもん》である。

シュカッ！　シュカカカカッ！　と四方八方から現れた氷の矢が、男の身体《からだ》を串刺《くしざ》しにした。

どう！　とアレキサンドルは地面に崩れ落ち、じたばたと暴れた。

タバサはその身体に傍らの土をつかんでかける。

「イル・アース・デル……」

〝錬金〟で土を油に変える。

「ウル・カーノ」

ついで〝発火〟。

〝屍人鬼《グール》〟は、ボウッとその場で荼毘《だび》に付された。めらめらと、火花が舞いちり……、犠牲者の遺体を灰へと変えていく……。

そこにシルフィードが大慌てで駆けてきた。

「お姉さま！　大変！　村のみんなが！」

タバサとシルフィードが駆けつけたときには、マゼンダ婆《ばあ》さんの家はもうもうたる炎に包まれていた。アレキサンドルが屍人鬼だったことが、火のような勢いで村人の間に伝わり、怒った村人たちが火を放ったのである。

「燃えちまえ！　吸血鬼！」

「なにが占い師だ！　俺《おれ》たちを騙《だま》しやがって！」

村人たちは松明《たいまつ》片手に、口々に罵《ののし》っている。

タバサは唇を噛《か》むと杖《つえ》を振り、呪文を唱えた。

杖を中心に渦が巻き起こる。天空を目指すように渦は駆け上り、氷の粒を含んだ風の渦となる。タバサの青い髪が、猛《たけ》りくるう風で乱れた。

〝アイス・ストーム〟と呼ばれる氷の嵐のトライアングル・スペル。

村人たちは呆然《ぼうぜん》として、メイジの技に見入った。

氷の竜巻は氷の粒と風を撒《ま》き散らしながら、燃え盛る屋敷を包む。バチバチと、風と氷が炎を消し止める派手な音が響く。

竜巻がおさまると……、屋敷の火は完全に消し止められていた。しばらくの間、村人たちは魔法の威力に息を呑《の》んでいたが……。

そのうちに我に返り、不満の声をあげた。

「何をするんだ！」

「証拠がない」

厳しい顔つきで、タバサは言った。村人たちは激昂《げっこう》した。

「証拠？　息子が屍人鬼だったのがなによりの証拠だろうが！　あの婆さんは、療養と称して一歩も外に出なかったんだ！　ああ、療養だとも！　俺《おれ》たちの血を吸って、栄養にしてたんだからな！」

タバサはじっと村人たちを睨《にら》んだ。一触即発の空気が流れる。

そのとき、火の消えたあばら家を調べはじめた村人たちから歓声があがった。

「見ろよ！　吸血鬼は消し炭だ！　ざまあみやがれ！」

タバサが消し止める前に、あばら家の中はすっかり燃えつきていたのであった。

「こないだ、あんたたちが止めなかったら、もっと早くに解決していたんだ！」

一人の村人が、タバサたちに指を突きつけて騒ぐ。

タバサは短く繰り返した。

「証拠がない」

そこに、薬草師のレオンが仲間を連れてやってきた。

「証拠なら、あったぜ」

タバサの前に、布っきれを投げ捨てる。

「そいつが……、犠牲者の出た家の煙突の中にひっかかってた」

タバサはその布を拾い上げた。五サント四方ほどの、絞り染めらしい赤い布キレであった。その染めに見覚えがあった。間違いなく、マゼンダ婆《ばあ》さんが着ていた寝巻きの一部だ。

「マゼンダ婆さんの着物の切れ端さ。そんな派手な染めは、この辺のものは着ない。あの婆さんは、煙突から家に出入りしてたんだ。そりゃあ、窓や扉をいくら釘《くぎ》で打ちつけたって無駄だよ」

得意げに、レオンは言葉を続けた。

「枯れ枝のように細い婆さん……、いや吸血鬼だった。盲点だよ、普通の身体《からだ》じゃ、あんな細い煙突はくぐれないからね」

村人たちは、安心した顔で、去り始めた。使えねえ騎士さまだよ、とか、あの小さいほうがメイジさまだったんだね、俺たちまで騙《だま》しやがってどういうつもりだ？　とか、そんな声が聞こえてくる。

エルザを連れた村長がやってきて、タバサたちにぺこりと頭を下げた。

「ご苦労様でした、騎士さま。村人たちの非礼をお詫《わ》びします。でも……、彼らは家族をなくして気がたってるんです。ゆるしてくださいですじゃ。なにはともあれ、解決してよかったですじゃ……」

村長の陰から、エルザがタバサをじっと見つめていた。

その手に握った杖《つえ》を睨み、

「嘘《うそ》つき！」と哀《かな》しそうな声で怒鳴った。

それから一時間後……、与えられた部屋で荷物を纏《まと》めていたシルフィードは、壁際に座り込んだタバサを見て言った。

「なんだか今回わたしたち、あんまり役に立ちませんでしたわね。きゅい」

タバサは答えない。ただ、じっと杖《つえ》を抱えて考え込んでいる。

「出発の準備しなくていいの？　お姉さま」

荷物を纏《まと》め終わったシルフィードがそう言っても、タバサが立ち上がる様子はない。

「落ち込まないでね、お姉さま。シルフィだけはいつでもお姉さまの味方ですわ」

哀《かな》しくなって、シルフィードはベッドにもぐりこんだ。

「でも収穫もありましたわ。人間の姿に化けて寝ると、結構よく寝れるの。ほら、こんな風に。きゅい……」

そう言うと、朝には出発するというのに、シルフィードはほんとに眠ってしまった。毎日のほほんとしているように見えたが、彼女なりに気を張っていて疲れたのだろう。

タバサはじっと、淡いロウソクの光を見つめていた。

すると、ドアがノックされた。タバサは立ち上がると、ドアをあける。

そこにはエルザが泣きそうな顔で立っていた。

「さ……、さっきはごめんなさい。おねえちゃん、みんなのために頑張ってくれてたのに……、わたし、失礼なこと言っちゃった」

タバサは首を振った。

ベッドの横に置かれた、鞄《かばん》やらの荷物に気づき、エルザが尋ねる。

「いっちゃうの？」

「夜明けに出発する」と短くタバサは答えた。

「そう……」とエルザは寂しげにつぶやいたあと、顔をあげた。

「あ、あの！　おねえちゃんに見せたいものがあるの！　ちょっとならいいでしょ？　ちょっとだから！」

「見せたいもの？」

「うん。おねえちゃんの大好物。おみやげに、持ってかえって」

タバサはちょっと考え込んだが、頷《うなず》いた。

じゃあ、とエルザはタバサを促す。それから握った大きな杖を見て、怯《おび》えた表情を浮かべる。その顔に気づいたタバサは、ベッドで寝息を立てているシルフィードの傍らに杖を置いた。

「ありがとう」とエルザは安心した顔になって、言った。


「こっちなの」

とエルザは月明かりの夜道を案内した。

村人たちの家の窓に打ちつけられた板は、はがされていた。窓からまばゆい明かりが漏れている。吸血鬼騒ぎがやっとのことでおさまったので、今夜は朝まで飲み明かしているのだろう。楽しそうな声も漏れてくる。

そんな日常を取り戻しつつある村道を、タバサとエルザは並んで歩く。

「こっちこっち」

森に通じる道を指差して、エルザがつぶやく。

柵《さく》の切れ目で、タバサは口笛を吹いた。

「口笛？　上手だね」とエルザが言った。

「魔よけのおまじない」とタバサ。

「夜に口笛吹いちゃいけないんだよ。えんぎがわるいんだよ」


森の中に、その開けたムラサキヨモギの群生地はあった。

「すごいでしょ！　こんなにたくさん生えてるの！　ほら！　ほらほら！」

月明かりの下、楽しそうな声でエルザは駆け回った。

「おねえちゃん、この苦い草、おいしいって食べてたよね！　だからいっぱい摘《つ》んで！」

タバサはしゃがむと、ムラサキヨモギを摘み始めた。

エルザはその周りを、楽しそうに跳ね回る。

タバサが両手いっぱいに、ムラサキヨモギを摘み終わったあと……、エルザはその耳元に口を寄せた。

「ねえおねえちゃん」

タバサは振り向いた。

いつもの冷たい目で、エルザを見つめる。その瞳《ひとみ》には、なんの感情も窺《うかが》えない。

無邪気な声で、エルザは言った。

「ムラサキヨモギの悲鳴が聞こえるよ？　いたい、いたいってね」

タバサはムラサキヨモギを放《ほう》り出し、駆け出した。

エルザは呪文《じゅもん》を口にする。

「枝よ。伸びし森の枝よ。彼女の腕をつかみたまえ」

〝先住〟の魔法であった。

走るタバサを、伸びる木の枝がつかむ。

足と腰を伸びた木の枝につかまれ、タバサは身動きが取れなくなった。

「おねえちゃん優しいね。わたしが恐《こわ》がるから、杖《つえ》を置いてきてくれたんでしょう。杖を持ってる従者の人は、いまごろわたしのおうち。残念だったね」

ゆっくりとエルザはタバサに近づいていく。

ワナにかかった獲物をなぶるような、そんな調子で言葉を続けた。

「お礼にゆっくり血を吸ってあげる。恐怖にゆがむ顔をわたしに見せて？　それが最大のわたしのご馳走《ちそう》なの。恐怖にゆがむ人間の顔が、すてきなスパイスなの」

エルザは口を開いた。白く光る牙《きば》が、二個、綺麗《きれい》に並んでいる。

「吸血鬼」

独り言をつぶやくような声で、タバサはその単語を口にした。

エルザは微笑《ほほえ》んだ。どこまでも無邪気な笑みであった。

「そうだよ。吸血鬼はわたし。煙突から忍び込んで、女の子たちの血を吸っていたの。あの大きな人を使って、捕まえさせたこともあった。んー、でも、最初の一回だけだったかな」

「嘘《うそ》つき」タバサは枝から離れようともがいた。

しかし……、枝はがっしりとタバサの身体《からだ》をつかんで離さない。杖《つえ》を持たないメイジはただの人だ。こうなっては、シュヴァリエ・タバサも非力な少女に過ぎない。

まったく悪びれてない声で、エルザは言葉を続ける。

「嘘はついてないよ。だって、誰《だれ》もわたしにお前が吸血鬼ね？　なんて聞かなかったもの。両親がメイジに殺されたのもほんとうよ。わたしの目の前で……。そのあとは一人でとぼとぼと歩いて旅を続けたの。んーとね、三十年くらい。長かったなー。いろんな村を回って生きてきたわ。村で怪しまれないためにはね、コツがあるの。まずね、住んでからすぐに獲物をとらないの。少なくとも、そうね、半年以上経《た》ってから。新しい人が移り住んできたときなんか、仕事を始めるチャンスだわ。そう、占い師の親子が引っ越してきたときなんか、最適ね。注意はそっちに向いちゃうの。〝屍人鬼《グール》〟にしちゃえば、もっと完璧《かんぺき》ね」

エルザはタバサを見上げた。小さなタバサより、さらに小さい身体。

妖魔の寿命は人間のそれより遥《はる》かに長い。

少女に見えても、その知能は少女のそれとは違うのであった。

「わたし、そんなわけでメイジが嫌いになったの。でも好き嫌いはよくないから……、見かけたら真っ先においしくいただくことにしているの。でも、おねえちゃんはなかなか尻《しっ》尾《ぽ》をつかませなかった。こないだ来た間抜けな威張りんぼさんとは大違い。メイジじゃないフリなんかしちゃって……。どっちかなーって、迷っちゃったじゃない」

エルザは笑った。笑うたびに、その無邪気な顔に似つかわしくない、不気味な牙《きば》が覗《のぞ》く。

「だからわたし考えたの。そばにいればわかるじゃない？　って。だから、〝屍人鬼〟に自分を襲わせて、怯《おび》えたフリしておねえちゃんたちといっしょに寝ることにしたの。でも、それでもどっちがメイジなのか、まだわからなかった」

ついっと、エルザは指を振った。

枝がタバサの着ている服を引き裂いた。

真っ白なタバサの肌が、月明かりに照らされる。

「次にこう考えたの。魔法を使わせればわかるじゃない？　って。だから女の人たちを襲わせた。それでやっとおねえちゃんは尻尾を出してくれた。でも、それだけじゃだめ。事件が解決しないと、おねえちゃん油断してくれないでしょ？　だから煙突に布をつけといたの。あの占い師のお婆《ばあ》ちゃんには気の毒をしたわ。はぁ、もっとスマートに知りたかったな」

あらわになったタバサの肌を、愛《いと》しそうに少女は舐《な》めあげた。

「おいしそう……、なんて肌が綺麗《きれい》なの？　まるで雪みたい。知ってる？　血が全部なくなると、もっと白くなるんだよ。わたしが白くしてあげる。もっと綺麗にしてあげる。ねえおねえちゃん。もう一度質問するわ。おねえちゃんがムラサキヨモギを摘《つ》むのと、わたしがこうやって、おねえちゃんの血を吸うのとどう違うの？」

タバサは無言で、エルザを睨《にら》みつけた。

「そんな目で見ないで。ねえ教えて？」

「どこも違わない」

エルザの顔が輝いた。

「そうだよね。ああ、わたしおねえちゃんがすき。だから血を吸ってあげる。これからわたしの中で、おねえちゃんは生き続けるんだよ。それって素敵……」

少女は牙《きば》をタバサの首筋へと運んだ。

牙が肌に触れそうになった瞬間――――。

強烈な風が吹いた。

ごぉおおおおおおおおッ！　と、その烈風はエルザを思いきり突き飛ばす。

「な、なに？」

エルザが思わず見上げると、青い鱗《うろこ》がまばゆい風竜が夜空に浮かんでいた。

「な！」

視線をタバサに戻して、驚愕《きょうがく》する。

タバサの手には、しっかりと節くれだった杖《つえ》が握られているではないか。

今飛んできた風竜が、口にくわえたそれを、タバサに投げ渡したのだ。

「ね、眠りを導く風よ！」

エルザの唱える先住の魔法より、タバサの〝ウィンディ・アイシクル〟……、氷の矢の呪文《じゅもん》のほうが早かった。空気中の水蒸気が急激に冷やされ、凝固し、十数本もの矢となってエルザを襲う。

一瞬で勝敗は決した。

氷の矢で、めった刺しにされ、エルザの小さな身体《からだ》は地面に転がる。

しかし……、さすがは吸血鬼の生命力。

人間なら即死するような傷でも、しゃべることができた。仰向《あおむ》けに寝転がるエルザには、空に浮くシルフィードがよく見えた。

「……風竜？　使い魔？　どうして？」

「風韻竜《ふういんりゅう》」

それで答えになるだろうという響きで、タバサは言った。

「伝説の古代種かぁ……。そんなの今でもいたんだ……。ああ、そっかぁ、さっきの口笛かぁ……」

タバサは頷《うなず》いた。

「……いつから疑ってたの？」

タバサは布キレをポケットから出した。

「煙突はとっくに調べてた。どこにもこんな布キレはくっついてなかった。したがってあの老婆は犯人じゃない。……となると吸血鬼は小さな子供の誰《だれ》か」

「あは……、どこから侵入したか、最初に見抜いてたんだ……」

「でも、どの子かはわからなかった。だから尻尾《しっぽ》を出すのを、待ってた」

エルザは甘えた声で、哀願を始めた。

「おねえちゃんお願い。殺さないで。わたしは悪くない。人間の血を吸わなきゃ、生きていけないだけ。人間だって獣や家畜を殺して肉を食べる。どこも違わないんでしょ？　おねえちゃん、そう言ったよね」

タバサは頷《うなず》いた、事実、そうだと思っていた。

「だったらこのまま放《ほう》って行って。わたし、別の村へ行く。おねえちゃんに迷惑はかけないから……」

しかし、タバサの返事は杖《つえ》だった。

土をエルザにかけ、〝錬金〟で油に変える。

なんの躊躇《ためら》いも見せずに、〝発火〟を唱えた。

ぶわっと、エルザは燃え上がる。

「どうして！　悪くないのに！　どうして！」

エルザの叫びは、炎の勢いと共に弱くなり……、ついには消えた。

白み始めた空の下、淡々とタバサは言った。

「わたしは人間なの。だから人間の敵は倒す。……それだけ」

朝日から逃げるように西へと飛ぶ帰り道……。

「お姉さま！　ダメじゃないの！」

タバサはそんなシルフィードの声を無視して本を読みふけっていた。

背に主人を乗せた、青い鱗《うろこ》のシルフィードは、ぷりぷりとして首を振った。

「もう！　わたしが口笛聞こえたからよかったようなものの！　もし、聞こえなかったらどうなってたの？　わたし、ひからびたお姉さまを背中に乗っけて泣く泣く帰るなんてまっぴらだからね！　きゅいきゅい！」

そんな風にシルフィードが怒っても、タバサは慌てず騒がず動じない。ただ、ゆっくりと本のページをめくるのみ。

そんなタバサなので、シルフィードはそのうちに怒るのが馬鹿《ばか》らしくなった。とにかく自分のご主人さまには、感情をぶつけるだけ無駄というものである。

「はぁ。ところで、服を持ってきてよかったですわね。こんなかたちで役に立つなんてね」

エルザの先住魔法で服をびりびりに破かれたタバサは、〝変化〟の呪文《じゅもん》でシルフィードが若い女性の姿に化けていたとき着用していた服を着込んでいる。タバサにはぶかぶかのサイズなので、なんとも妙な姿になっている。しかしタバサはまったく気にせずにページをめくっていた。

「でも……」

とシルフィードは声を落とした。

「お姉さま、優しいですわ。あの村長に手紙を書いたんだもの」

それはエルザに関する手紙だった。

彼女の親戚《しんせき》を知っているから、そこに連れて行くという内容である。ワケもわからずに引き離されるのは哀《かな》しいだろうが……、ほんとうのことを言うより、少しはマシに違いない。

シルフィードは、先ほどのタバサのセリフを思い出した。

『わたしは人間なの』そう言っていた。

それはタバサの本音であろう。

いつもは抑えている感情が、顔を見せた瞬間であろう。

タバサは無口無表情がゆえに、人形などと呼ばれることがある。自分自身でも敢《あ》えてそれを受け入れようとしている節がある。でも……、シルフィードは知っていた。

そんなタバサの心の中にある、誰《だれ》よりも人らしくあろうとする感情を。

それは時たま、顔を覗《のぞ》かせる。

友人に見せる優しさであったり、さきほどのような厳しさであったり……、それは様々なかたちをとって現れる。

でも、シルフィードはそんなことを口にはしない。

「いやもう、今回はこきつかわれた！　疲れた！　きゅい！」

代わりにきゅいきゅいとわめいた。

「お城についたら、いっぱい食べる！　お肉いっぱい食べる！　るる！　るーるる！」
なんだかやけくそのような調子で歌いながら、シルフィードは飛んだ。
歌い始めた風韻竜《ふういんりゅう》の背の上、タバサはポケットをさぐった。
ムラサキヨモギの葉っぱが、何枚か入っている。
摘《つ》んでいるときに入れたものだ。
しばらくそれを見つめたあと……、タバサは口に入れた。
苦い味が口内に広がっていく。
タバサは顔色一つ変えずに……、ムラサキヨモギを噛《か》みつづけた。

第三話　タバサと暗殺者

「ねえお姉さま、おなかがすいた」

シルフィードがきゅいきゅいとわめいた。

タバサは相変わらず、本を読んでいる。深い蒼《あお》をたたえた瞳《ひとみ》からは、なんの感情も窺《うかが》えない。本に夢中なのかどうかもわからない。ただページを眺めているような、そんな顔。

ここはガリアとトリステインの国境付近、高度三千メイル。

例によってタバサとシルフィードは、ガリアの首都リュティスに向かっているところであった。

「池発見。たぶん魚がいると風韻竜《ふういんりゅう》は判断」

本を読んでいる主人を意に介さず、シルフィードはつぶやく。タバサは答えない。

「降りるのね」

タバサは無論答えない。

シルフィードは急降下を開始した。その勢いでタバサは空中に放《ほう》り出される。地面へと落下する間も、タバサは見事に姿勢を崩さない。

シルフィードの背中に腰掛けていた格好のまま、落ちていく。そんな状況でもページをめくるタバサであった。

ぶん！　と唸《うな》りをあげて羽ばたき、シルフィードは加速する。あっというまに池のそばに降り立った。草原のど真ん中にぽつんと作られた、農水用のため池のようだ。

くんくん、と水面をかいで、おもむろにシルフィードは首を突っ込む。ざぶざぶと首を動かし、がばっと再び首を持ち上げたときには、その口に大量の魚がくわえられている。

んぐっ、んぐっ、と魚を飲み込み、舌でぺろんと顔をなめあげると、タバサが上から落ちてきた。シルフィードは呪文《じゅもん》を唱えた。

「風よ。空に漂う空気よ。柔らかい塊となりて、彼女を捕らえよ」

先住の魔法だ。

すると、タバサの落下点にあった空気が、ぶわっとゆらめいた。時速二百メイル近い落下速度で地面に叩《たた》きつけられようとしていたタバサの身体《からだ》が、大きく空気の塊に沈み込み、反動で空中に放り投げられる。

シルフィードは飛び上がり、空中でタバサの襟首をくわえてキャッチした。そっと、地面にタバサをおろす。タバサはそれでも地面に座り込み、本をめくっている。

シルフィードは首を伸ばして本をくわえると、それをごくりと飲み込んだ。

「お姉さま」

きょとんとシルフィードを見上げるタバサを、シルフィードは睨《にら》んでみせた。凶暴な顔つきに似合わないつぶらな黒い瞳をぐいっとひんむき、

「今日という今日はお説教なのね」

と、タバサに告げた。

「シルフィはさっきね、お姉さまを振り落としました。そういうときは怒るなり驚くなり騒ぐなりしてくださいなの。黙ってて落ちるがままってどういうこと？　やる気ないのね」

シルフィードは前足を持ち上げると、タバサの頭をぐりぐりと動かした。合わせてタバサの頭もぐりんぐりんと動く。

「何かお言いなのよ」

しかし……、タバサはされるがまま。

「あのね？　そんな風だから、あの小憎らしい従姉姫《いとこひめ》に、好き放題されちゃうのよ。そりゃ、お姉さまの境遇はこのシルフィも理解はしているのね。でもね！　ちょっとは文句とかつけてよね！　いつもわたしはあのバカ従姉姫にいじめられるお姉さまを窓から眺めて、鬱《うっ》っているのね！　ちょっとはやりかえすのね！　きゅいきゅい！」

シルフィードはタバサの頭をがしがしと甘噛《あまが》みした。小さなタバサの頭が、すっぽりとシルフィードの口の中に収まる。

そこに……、池に水を汲《く》みにやってきた少女が現れた。少女は、シルフィードに頭を甘噛みされているタバサに気づき、叫び声をあげた。

「きぃやぁあああああああ！　竜に人が食べられてるぅううう！」

シルフィードは慌ててタバサの頭を吐き出した。

「違うの！　食べてないの！　くわえてただけなの！」

少女はいきなりしゃべりだしたシルフィードを、ぽかんとして見つめた。それから一層大きな悲鳴をあげた。

「りゅ、りゅ、竜がしゃべったぁ〜〜〜〜〜〜！」

シルフィードは慌てに慌てた。タバサのマントを爪《つめ》にひっかけると、大急ぎで飛び上がる。

「しゃべっちゃった！　人前でしゃべっちゃった！　もう！　きゅいきゅい！」

読む本がなくなってしまったタバサは、膝《ひざ》を組んでその上に頬《ほお》をのせ……、目をつむった。

ガリアの首都リュティス。

壮麗《そうれい》なヴェルサルテイル宮殿の一角、プチ・トロワでは、主《あるじ》が王女とは思えぬだらしのない格好で暇を持て余していた。

ガリア王女イザベラであった。

イザベラは肌着一枚の格好でベッドに寝そべり、長く青い髪を指でいじっていた。すらりと伸びた肢体は美しいし、顔立ちも美人と形容できよう。しかし……、その目に宿る冷酷な何かが、すべての美点を帳消しにしていた。

傲慢《ごうまん》さが強く浮き出た声で、イザベラは侍女を呼びつけた。

「あの、人形娘はまだなの？」

困った顔で、侍女が俯《うつむ》く。

「え、えっと……、その、シャルロットさまは……」

ベッドから跳ね起き、イザベラは侍女に詰め寄った。その耳をつねり上げる。

「いま、なんて言ったんだい！　ええおい！　こらッ！」

「も、申し訳ありません！　イザベラさま！」

「あいつはただの人形なんだよ！　今じゃわたしのただのおもちゃなのさ！　わかったら二度と〝さま〟なんかつけるんじゃないよ！」

侍女は恐縮して、何度も頭を下げた。繰り返しイザベラは侍女を叩《たた》く。イザベラの瞳《ひとみ》に、残虐な色が浮かび始め、とうとう杖《つえ》を持ち上げた。

「ひ……」

と恐怖して侍女はあとじさる。

魔法はそれを使えぬものにとって、畏怖《いふ》と憧《あこが》れの象徴だ。

「お前を、わたしの〝水〟で、少し利口にしてやろうか？　最近覚えたスペルだよ。心を操り……、意のままにする魔法でね……」

「お許しを、お許しを……」

と侍女が跪《ひざまず》いて許しを請うと、さらにイザベラは顔を歓喜でゆがませていくのであった。

そのとき呼び出しの衛士がタバサの到着を告げた。

「人形七号さま！　おなり！」

扉が開かれ、タバサが姿を見せた。いつもの、何を考えているのかわからない無表情。自分と同じ、青い髪に瞳……。その背は自分より頭二つ分は小さい。

身長では勝っているが、その小さな身体《からだ》が秘めた魔力は、自分より数段上……。イザベラは悔しさのあまり、ぎりっと歯噛《はが》みした。その魔力のおかげで、タバサを真の〝王女の器〟と見なしている侍女や召使たちは少なくない。

　でも今回の任務は……、そんなタバサに十分に恥をかかせてやれるだけでなく、おまけに……。

　イザベラの顔が、さらに凶悪な笑みを浮かべた。

　心配そうに見守っている侍女たちに、大声で怒鳴る。

「お前たち！　例のものを用意して！　早く！」

　それからタバサに近づき、自分のかぶった冠を指差した。宝石がふんだんにちりばめられた、ミスリル銀製の豪華な冠である。

「ねえ、シャルロット。あなた、これをかぶってみたいと思わない？　もしかしたら、あなたのものだったかもしれない冠よ？」

　タバサはなんの感情も窺《うかが》えない目で、それを見つめた。

「かぶってみたいでしょう？　顔にそう書いてあるわよ」

　イザベラは冠を取った。タバサの目の前で、指を入れてくるくると回してみせる。

「『欲しい』って言ってごらんなさい？　そうしたら、あげてもよくってよ」

　イザベラのその言葉で、控えた侍女たちの間に緊張が走る。

「相変わらず頑固な子。でもいいわ。あなたにあげるわ」

　そう言って、イザベラはタバサの頭にそれをかぶせた。それから手を叩く。

「ほらお前たち！　この子に王女の格好をさせてやって！」

慌てて侍女たちがタバサに取りつき、魔法学院の制服のシャツとスカートを脱がせた。

タバサはされるがままに、突っ立っている。ついで運ばれてきたドレスが、タバサに着せられた。

化粧係が近づき、タバサの顔に華麗な彩りを施していく。

数分後……、見るも鮮やかな王女の姿がそこに現れた。小さなタバサの身体《からだ》は、豪華な衣装や宝石に飾られ、隠されていた高貴さが浮き彫りになっていた。

しかし……、その目の色はどこまでも空虚な何かを浮かべている。

その空虚さが、タバサの美しさを一種、神秘的なものに変えていた。

そんなタバサの高貴な姿に侍女の間からため息が漏れる。

「ふん。まあ、似合いじゃないの。ねえ？」

イザベラは、タバサの頭をつかんでぐりぐりとこねくり回した。

「さて、お遊びの時間は終わり。あんたに今回の任務を説明するわ」

その言葉で、侍女たちは王女の部屋を退出していった。

二人きりになったことを確認すると、イザベラは一人のメイジを呼んだ。緞子《どんす》の陰から「お呼びでございますか」と声がして、一人の若い騎士が姿を見せる。

「東薔薇《ばら》騎士団所属、バッソ・カステルモール、参上仕《つかまつ》りました」

軽やかなしぐさで、一礼。年のころは二十歳をいくつか過ぎたころ。ぴんとはった髯《ひげ》が

「そりゃあんたはこんなにやせっぽちで、小さくて、わたしの美貌《びぼう》に比べたら足元にも及

タバサは小さく頷いた。任務を理解したらしい。

けど……。あんたは、その間のわたしの影武者ってわけ」

「あっはっは！　そっくりじゃないの！　わたしね、地方に旅行に行くことになったんだ

イザベラは、タバサの顔からひょいっと眼鏡《めがね》を取り上げた。そして、大声で笑った。

今回の任務には、それで十分なようであった。

ができることに比べると、体つきが変えられないので、たいした呪文ではない。しかし、

顔を変えることしかできない。先住魔法の〝変化〟が、姿かたちをまったく変えること

しかし……、高度だが、その効果は限定的である。

未《いま》だマスターしていない呪文だった。

〝フェイス・チェンジ〟の呪文だ。風と水を足して行う、高度な系統魔法……。タバサも

タバサの身体《からだ》に変化が現れた。顔の形が微妙に変わり……、イザベラと瓜《うり》二つになった。

すると……。

カステルモールは呪文《じゅもん》を唱えると、その杖をタバサに振り下ろした。

な古杖である。そんな杖を持っているということは、相当な使い手なのだろう。

「御意」と頷《うなず》くと、カステルモールはすらりと杖《つえ》を引き抜いた。青白い輝きを放つ、見事

「この〝人形〟に、化粧してあげて」

凛々《りり》しい、美男子であった。

ばないけどさ。ヒールの高い靴をはいて、胸に詰め物でも入れればまあ誤魔化《ごまか》せるわ」

　イザベラはタバサの青髪を撫《な》でまわした。その青髪は、染料などでは決して真似《まね》できない輝きを持っている。

「やっぱり影武者には、あんたが最適よ。あんたはもう王族じゃないけど、この髪の色だけは王族だからね」


　首都リュティスから、南西に百リーグほど離れた地方にある小都市に向けて出発する馬車の中……。

　イザベラは満足げに王女の衣装に身を包んだタバサを見つめた。イザベラも侍女に変装している。新しく雇い入れた王女つきの女官という触れ込みで、他《ほか》の召使や侍女たちを欺《あざむ》く手はずであった。敵を騙《だま》すには味方から、と嬉《うれ》しげな様子であった。

「最高ね！　誰《だれ》もわたしを王女だなんて思ってないわ！　わたしの変装術も、たいしたものじゃないの」

　変装術というよりは、持って生まれた資質によるところが大きい。もともとイザベラには、王族が持つべき品位や、慎みといったものがカケラもない。冠を脱げば王女に見えなくなるのは道理であったが、イザベラはそれに気づいていない様子。ただ声をあげて笑い、この状況を楽しんでいた。

「さて、そろそろ教えておこうかしら。ねえ王女さま。今度の旅行はただの旅行じゃないのよ。今から向かう街は、アルトーワ伯という生意気な領主が治めてるの。税の払いは滞っているし、今年の降臨祭にも、宮殿に顔を出さなかった。どうやら謀反を企《くわだ》てているという噂《うわさ》だわ。でね？ その領主の誕生を祝う園遊会が催されて、わたしは招待されたというわけよ」

イザベラはタバサにかぶらせた冠をつつきながら、言葉を続けた。

「そんなの、罠《わな》に決まってるじゃない。王女であるわたしを捕まえて、人質にする気に違いないわ。で、わたしはそれを逆手にとろうというわけ。手を出させて、動かぬ謀反の証拠にするつもり。どう？ 冴《さ》えてるでしょ？ 北花壇騎士《シュヴァリエ・ド・ノールパルテル》団の団長にふさわしい、大胆な計画でしょ？」

イザベラが見つめたが、タバサはいつもの無言である。

「〝頭が切れる〟っていうのは、こういうことをいうのよ。多少魔法が上手だからって、自分が切れ者だなんて思わないことね！」

タバサは答えない。

すると……、目の前の席に控えたカステルモールが、すらりと杖《つえ》を引き抜き、タバサに突きつけた。

「影武者風情が……。王女を愚弄《ぐろう》するか？」

「おやめ。カステルモール。わたしが話しているのよ」

イザベラのその言葉で、若武者は杖を収めた。

「失礼しました。しかし、われらが敬愛する姫殿下のお言葉に返事をせぬ無礼、このバッソ・カステルモール、我慢がならなかったのです」

それからじろりとタバサを睨《にら》む。

「自分が切れ者などと思っていないかどうか、姫殿下は尋ねておられる」

タバサはしかたなく、短く言葉を口にした。

「思ってない」

自分に対する評価など、気にしたこともない。

「そうよね。あんたはわたしの操り人形。わたしの命令どおりに動く、ただの駒《こま》。でも、たまには眉《まゆ》の一つでも動かしたら？　見てるとイライラするのよね」

イザベラは従妹《いとこ》のほっぺをつまんで、くにくにと動かした。

「じゃあ、ちょっとは顔色が変わる話をしてあげる。その領主はね、わたしを捕まえるために、とんでもない使い手を雇ったって噂だよ？　〝地下水〟という傭兵《ようへい》メイジだってさ。名前を聞いたことぐらいあるだろ？」

タバサは頷《うなず》いた。その名前は、ガリアの裏世界では知られた名前であった。地下水のように、音もなく流れ、不意に姿を現し、目的を果たして地下に消えていく謎《なぞ》のメイジ……。

性別も年齢もわかっていない。

ただ一つわかっていることは、狙《ねら》われたら最後、命だろうがモノだろうが人だろうが、逃げることができないということであった。

「知ってる？　〝地下水〟は水系統の使い手。〝水〟は身体《からだ》をつかさどる……、心もね。〝地下水〟は、人の心を操る魔法を一番得意とするメイジ……。あんたに勝てるかしら？」

「わからない」

タバサは正直に答えた。

「〝雪風〟対〝地下水〟かぁ。見ものじゃないの。ねぇ？」

楽しそうな声で、イザベラは言った。


イザベラの小旅行は、行きに二日、滞在が三日、そして帰りが二日の予定であった。合計で七日。竜籠《りゆうかご》を使えば四時間程度でつくのだが、あえて時間のかかる馬車で行くのが王族というものである。

二本の杖《つえ》が交差するガリア王室の紋章が描かれた旗を掲げ、前に後ろに従者や護衛の兵士が乗った馬車を従え、堂々と道をゆく。行く先々の街道には、通り沿いの住人たちが整列し、口々に歓呼の声を投げかけた。

「イザベラさま！　万歳！　ガリア王国万歳！」

ちょっと開いた小窓から、王女に扮《ふん》したタバサが手を振ると、さらに観客は熱狂した。そんな様子を見つめ、イザベラは爆笑する。

「あーっはっは！　あんたが王女さまだってみんな勘違いしてるよ！　よかったね！」

タバサは黙々と手を振り続けた。

「ところであんたのあの薄汚い風竜は何をしてるんだい？」と、尋ねられ、タバサは馬車の天井を指差した。天井の向こうには、青い空がどこまでも広がっている。

「ふぅん。わたし、あの風竜嫌いよ。たまに窓からわたしを恨めしそうに見てるんだもの。獣のくせに生意気よ」

もちろんイザベラは、シルフィードが伝説の幻獣、知性の高い風韻竜《ふういんりゅう》だということは知らない。退屈そうに髪をかきあげると、イザベラは眠り始めた。


タバサたちは、途中の宿場町で一泊することになった。百人からの王女のご一行の到着で、そこの宿場町の宿屋という宿屋は、満杯になってしまった。

タバサには一番綺麗《きれい》な宿の二階の、一番豪華な部屋が用意された。イザベラはその部屋の前までタバサを案内して、

「ほら。あんたの部屋さ。こんな上等な部屋で寝るなんて、夢のようだろう？　せいぜいわたしに感謝するんだね」

侍女の格好をしたイザベラは、事情を知る腹心の部下を数人集め、階下の部屋に引っ込んだ。

時刻は夜である。

こんな任務であるので、シルフィードをそばに置くわけにもいかない。しゃべったり、化けているところを見られてしまったら面倒なことになるからだ。

ようやく一人きりになれたタバサは、まず、自分の着込んだドレスを見つめた。王女のドレス、そして冠……。イザベラは『これが欲しいんでしょう?』と言わんばかりの顔で、自分にこれを着せたが、別にこんなものは欲しくない。

自分が欲しいものは……、

「あなたのお父さんの首」

とタバサは一人つぶやいた。イザベラの父、ジョゼフ王は玉座が欲しいばかりに、自身の弟であるタバサの父を暗殺したのだ。

その日のことはよく覚えている。

父と猟に出かけた母が、蒼白《そうはく》になって帰ってきた。

「父さまは?」

と尋ねたタバサに、

「お父さまはもう帰ってこないのよ」

と母は言った。

父が殺された理由を母は話さなかった。

それからほどなくして、ジョゼフ王は父を殺しただけでは飽き足らず、タバサをも手にかけようとした。

タバサと母は、ある日晩餐会《ばんさんかい》に招待された。

出がけに母はタバサを呼び、今日は何も口にしてはいけない、しゃべってもいけない、と告げた。

「シャルロット。明日を迎えることができたら……、父さんと母さんのことは忘れなさい。決して、仇《かたき》を討とうなどとは考えてはなりませんよ」

晩餐会……。

テーブルの前には豪華な料理が並んでいた。しかし、居並ぶ貴族たちは怯《おび》えたように首をすくませていた。この晩餐会で何が行われようとしているのか、うっすらと知っていたのだろう。

笑っているのは、上座に座ったジョゼフ王のみ。母は気丈に、ジョゼフ王を睨《にら》みつけていたが……、おもむろに立ち上がった。

「なぜ、夫を殺したのですか？」

晩餐会の席は騒然となった。

その言葉で、タバサは父の仇が誰《だれ》なのかを知った。騎士たちが詰め寄り、母を座らせようとした。

「わたしは王弟妃です。触れることはまかりなりません」

その気迫に、騎士たちはあとじさった。ジョゼフ王は薄い笑みを浮かべ、楽しげにそんな様子を見つめていた。

母はジョゼフ王に告げた。

「この子は勘当いたしました。わたくしと夫で、満足してくださいまし」

ジョゼフは、にっこりと笑みを浮かべた。

その言葉を了承ととったのか……、母はタバサの前に置かれた皿を取り上げ、ゆっくりと料理を口に運んだ。

それには心を狂わせる毒が仕込まれていた……。

結果……、母は心を病み、ラグドリアンの屋敷に閉じこもっている。優しかった母はもういない。

タバサは目をつむった。目をつむると思い出すのは楽しかった日々。笑いと光に満ち溢《あふ》れていた幼いころ……。

天幕のついたベッドに、タバサは小さな体を横たえた。

ついで……、小さな歌声が、タバサの口から漏れた。

子守唄《うた》であった。

まだ寝たくない、とタバサがベッドの上でぐずると、母はこの歌を歌ってくれたのである。

必要な言葉以外は決して口にしないタバサが、小さく笑みを浮かべて子守唄など歌っているところを見たら、シルフィードも仲のいいキュルケも目を回すことだろう。

この歌は、唯一タバサをこの世界に繋《つな》ぎ止める鎖のようなものだ。こうして歌うと、わずかに過ぎないが、昔の気持ちが蘇《よみがえ》るのだ。幸せだったころ……。笑い声に満ち溢れていた日々……。

そんな風に歌っていると……、扉が叩《たた》かれた。

タバサは身を起こすと、そばの杖《つえ》をつかむ。

表情は、いつもの冷たいそれに戻っていた。

「誰《だれ》？」

尋ねると、若い男の声がした。

「わたしだ。カステルモールだ」

扉を開くと、タバサに〝フェイス・チェンジ〟をかけた若騎士が立っている。

「なんの用？」

と短く尋ねると、カステルモールは慎重に辺りを見回し、細かく調べたあと、さらにディテクトマジックを唱えた。

「……魔法で聞き耳をたてている輩《やから》はいないようだ」

そこで彼は恭しく帽子を取ると、タバサの足元に跪《ひざまず》いた。

「どうかわたくしめに殿下をお守りさせてくださいませ。昼夜を問わず、護衛つかまつります。隣の部屋に、隊員を待機させる許可をいただきたくあります」

タバサは首を振った。そんなの、窮屈である。

「結構。わたしは殿下じゃない。ただの影武者」

いえ……、とカステルモールは首を振った。

「シャルロットさまは、いつまでも我々の姫殿下でございます。東薔薇《ばら》花壇騎士団全員、表にできぬ、変わらぬ忠誠をシャルロットさまに捧《ささ》げております。昼間は大変失礼をいたしました。王権の簒奪者《さんだつしゃ》の娘に、わが心のうちを悟られては……、と愚考した次第」

どうやら、亡き父に世話になっていた騎士のようだ。昼間のタバサに対する乱暴な態度はイザベラの目を欺《あざむ》くものであったらしい。

心強い味方であるが、タバサの顔色は変わらない。

「わたしは北花壇騎士《シュヴァリエ・ド・ノールパルテル》。以上でも、以下でもない」

真剣な目つきでカステルモールはタバサを見つめた。

「シャルロットさま。あなたさまさえその気なら……、我ら、決起のお手伝いをば……」

タバサはじっと、カステルモールを眺めるのみ。カステルモールは立ち上がると、その手を取り接吻《せっぷん》した。

「真の王位継承者に、変わらぬ忠誠を」

と言い残し、部屋を出て行った。

タバサがしばらくそのまま立ちすくんでいると、窓がこつんこつん、と叩《たた》かれた。振り返ると、青い鱗《うろこ》の風韻竜《ふういんりゅう》が、じっと部屋の中を覗《のぞ》きこんでいるところであった。窓を開けると、シルフィードは、ぼいんっ！　と〝変化〟の呪文《じゅもん》で若い娘の姿に変身して転がり込んでくる。

素っ裸のまま、シルフィードはタバサに指を突きつけた。

「お姉さまはばかなのね」

「…………」

タバサは無言で頬《ほお》をかいた。

「せっかく、お姉さまの味方になってくれるという人が現れたのに、無視して追い返すってどういうこと？　きゅいきゅい」

きゅい、と言いながら、タバサの額をうりうりとつつく。シルフィードの言うことはもっともであるが、仇《かたき》は自分の手で討ちたい。それに……、他人を巻き込みたくはないのだ。カステルモールだけではない。その家族をも危険にさらしてしまうだろう。謀反とは、それほどに危険な賭《か》けなのだ。タバサはそれを恐れたのである。

その他《ほか》に、もうひとつ理由があった。

なんとしてでも、自分ひとりの手で仇を討ちたい。

そのためには、もっと、もっと強くならなければならない。本を読み、知識をつけ……、あらゆる敵と戦って、〝力〟を得なければならない。

「あの憎らしい従姉姫《いとこひめ》に、一発食らわせるチャンスじゃないの。どうなの？　うりうり。ほらほら、何かお言いなのよ」

しかし、タバサは何も言わずに、うりうりされるがまま。シルフィードは調子にのって、タバサに説教を開始した。

「まったく、お姉さまはそんな風だから学院でもお友達ができないのよ。わかってるの？　いいえ、今日という今日は言わせてもらいます」

しかしタバサはまったく相手をせずに、無言で窓の外を指差した。

「もう！　せっかく心配してあげてるのに！」と叫んで、再びシルフィードは元の姿に戻り、窓の外に飛び出て行った。


二つの月が、窓の向こうに並んだ。

月明かりが部屋の中に差し込み……、窓の格子の影を床に描く。

タバサは部屋に近づく気配に気づき、ぱちりと目を開いた。

小机に置かれた眼鏡《めがね》を取って、かけた。

ついで杖《つえ》を握り、燭台《しょくだい》のロウソクに点火する。

部屋は、淡い光に包まれた。

すると……。

ドアがばたん、と開いて、一人の侍女が現れた。ガラガラとワゴンを押している。その顔に見覚えがあった。

一行に加わっていた、お付の侍女の一人であった。

タバサがじっと見ていると、侍女は手押し車の上にあったティーポットを取りあげ、お茶を淹《い》れ始めた。

ベッドのそばの小机に置かれた時計を見ると、深夜の二時である。

こんな時間に何事だろう？

「どうぞ」

と、侍女はカップに注がれたお茶をタバサに差し出した。タバサはそれを受け取ると、まっすぐに侍女を見つめてつぶやいた。

「地下水」

侍女はにっこりと微笑《ほほえ》んだ。

「よくご存知で」

タバサはお茶の香りをかいだ。特に不審な香りはしない……、が、〝水〟系統のメイジが差し出したお茶だ。何が入っているのか知れたものではない。

「お茶なら何も入っていませんよ。盛るつもりなら、時間と場所を選びます」

「わたしをさらうの？」

とタバサは尋ねた。

〝地下水〟は懐から、短剣とロープを取り出した。

「はい。それが依頼者より、私めが受けた任務ですから」

「依頼者というのは、アルトーワ伯？」

タバサは、これから訪問する予定の貴族の名をあげた。

にっこりと〝地下水〟は微笑んだ。

「さぁ。それは申し上げることはできません。さて……、できれば、おとなしく捕まっていただきたいのです。騒ぎになるのは私の趣味ではありませんし。それに、姫殿下のような高貴なおかたに、乱暴を働きたくないのです」

丁寧に一礼。その堂々とした馬鹿《ばか》丁寧なしぐさが、彼女の自信を裏付けていた。タバサははじかれたように立ち上がると、呪文《じゅもん》を唱えて杖《つえ》を振った。

「ラナ・デル・ウィンデ」

ぶおっとタバサの目の前が膨らみ、ゆがんだ。

巨大な空気の塊ができあがり、侍女の格好をした〝地下水〟を襲う。

〝地下水〟は右に転がり、空気の塊をかわした。ただの人間とは思えない動きである。外れた空気の塊は、壁にぶち当たって四散する。タバサは間髪いれずに、攻撃呪文を繰り出す。

〝エア・カッター〟

風の刃《やいば》が、〝地下水〟めがけて飛んだ。普通なら見えない風の刃をも、驚くべき体術で〝地下水〟はかわしていく。床に、壁に、かわされた風の刃がぶち当たり、生々しい切り傷がついていく。

タバサはいったん、杖を構えなおした。立て続けに攻撃呪文を唱えたら、あっというまに精神力が枯渇する。無表情の下、焦りが回転する。〝地下水〟は相当な体術の使い手でもあるようだ。

「イザベラさまは、かなりの使い手のようですね。さすがはガリア王家の一員というべきか……」

すっかりタバサをイザベラと思い込んでいる様子の、〃地下水〃がつぶやく。

「では、次はこちらですね」

言うなり、侍女は左手を突き出した。

「イル・ウォータル・スレイプ・クラウディ」

青白い雲が現れ、タバサの頭を包んだ。

猛烈な眠気がタバサを襲う。しかし……、トライアングルクラスの強力なメイジである
タバサは、その魔法に耐えた。

ついで、驚く。

〃スリープ・クラウド〃

系統魔法だ。

しかし……、杖を握っているようには見えない。先住魔法と違い、貴族《メイジ》が使う系統魔法
には、媒介となる杖が必要だ。

杖もなしに、侍女は〃系統魔法〃を唱えている。

「ラグーズ・ウォータル・イス・イーサ・ウィンデ」

〃地下水〃が次に唱えたのは、タバサお得意の〃ウィンディ・アイシクル〃であった。い
つもは敵に食らわせる氷の矢が、タバサに向かって飛んでくる。咄嗟《とっさ》に身をかわすが、数
本が身体《からだ》をかすめた。腕から、つらっと血が流れる。

〃地下水〃は余裕めいた笑みを浮かべた。

「動かないほうがよろしいですよ。急所ははずしてありますから。ただ、動かれると、逆に心臓や喉《のど》にあたってしまう場合もありますゆえ……」

次の呪文《じゅもん》はなんだろう？

タバサの頭が高速で回転する。

今のウィンディ・アイシクルで、空気中の水蒸気は枯渇した。室内の湿度はほぼゼロパーセントだろう。したがって、氷の矢はもう放つことができない。

タバサは呪文を唱え、小さな竜巻で身体《からだ》を覆った。

風の攻撃呪文を予想したのだ。

案の定、〝地下水〟は〝エア・カッター〟を放ってきた。しかし、それはタバサを狙《ねら》わない。ティーカップを切り裂き、中のお茶を撒《ま》き散らす。

ついで再び、ウィンディ・アイシクルを唱える。

撒き散らされたお茶が氷結した。タバサの顔に焦りの色が浮かんだ。

その瞬間である。

ばりーん！　と、窓が割れた。

「ぐっ！」

侍女の口から、短い悲鳴が漏れて、床に転がる。

「きゅいきゅい！」

シルフィードであった。窓を破って首を突き出して、窓のそばに立った侍女を突き飛ばしたのである。

床に転がった侍女に、タバサは呪文を唱えた。

〝エア・ハンマー〟でさらに吹き飛ばす。

壁にぶち当たって、再び床に倒れたときには、侍女は気を失っていた。

「お姉さま！　だいじょうぶ？」

シルフィードが叫ぶ。タバサは応《こた》えずに、唇に指をたてる。

ドアがばたん！　と大きく開いて、どやどやと衛士たちがなだれ込んできた。カステルモールの隊ではなく、宿の一階で警護していた衛士たちである。

「姫殿下！」

「イザベラさま！」

タバサは頷《うなず》いた。

「平気」

「お怪我《けが》をされているではありませんか！　何事ですか！」

すぐに水の使い手が集まり、血が流れるタバサの腕に魔法を唱えた。顔を突き出したシルフィードに気づき、目を丸くする。

「風竜ではありませんか。どうなされたのです？」

「新しくペットにした」と、タバサは答える。

衛士たちは気まぐれな王女の奇行には慣れているのか、すぐにシルフィードを忘れ、倒れていた侍女を抱え起こす。

「おい！　起きろ！」

揺さぶられた侍女は深いため息をつきながら、目を覚ました。ついで、周りを囲んだ衛士たちに驚き、悲鳴をあげる。

「きぃやあああああああ！」

「きゃあじゃない！　貴様、王女を襲うとはどういうことだ！」

「襲う？　ど、どういうことですか？　わたし、寝ていて目が覚めたら、ここにいて……」

侍女は何も知らない、といった様子である。

「ナタリーではないか」

侍女の顔見知りらしい衛士が、侍女の顔に気づいて言った。

「隊長どの、彼女はお茶係のナタリーです。殿下のお世話をするために、向かいの部屋にいる侍女たちの一人です」

つまりは、それだけ身元がしっかりしている娘というわけだ。

衛士隊の隊長らしき騎士が、苦い顔でナタリーを見つめる。

「ナタリーとやら、なぜ、姫殿下を襲ったのだ」

侍女は蒼白《そうはく》になった。

「そんな、わ、わたくしが……」

ナタリーのその態度で、タバサはイザベラの言葉を思い出した。

『〝地下水〟は、人の心を操る魔法を一番得意とするメイジ……』

「この！　こっちに来い！」

ナタリーを乱暴に引っ張っていこうとする衛士を、タバサは止めた。

「待って」

「ご安心を。今から、我々が尋問して、どんな目的があって姫殿下に危害を加えようとしていたのか聞き出しますから」

衛士たちは、〝地下水〟という傭兵《ようへい》メイジがイザベラを狙《ねら》っていることを知らないようだ。

「その子は、操られていただけ」

「操られていた？」

衛士たちは顔を見合わせた。

「わたしに任せて」

王女……、といってもタバサなのだが、にそう言われ、衛士たちは頷《うなず》いた。散らばったロープやナイフなどを集めると、ナタリーを残して部屋を出て行った。

イザベラの横暴さを知っているナタリーは脅えきり、タバサが近づくと震えだした。

「お、お許しを……」

「安心して。あなたを罰するつもりはないから」

「ひえ……」

とナタリーはあとじさる。

「覚えているの範囲でいいから、詳しく話を聞かせて。どこから記憶がないの？」

ナタリーの話は、こうだった。夕食のあと、すぐに部屋に引っ込んで、同僚たちと寝ていた。気づいたら、タバサの部屋にいて、床で気を失っていたという。

おそらく寝ている隙《すき》に、〝地下水〟に魔法をかけられたのであろう。

話を聞き終わると、タバサはナタリーを部屋に帰した。自分の部屋の窓は、シルフィードがいるから侵入される心配はないが……。

身内にドアを開けて入ってこられて、襲われるのは困る。対処のしようがない。

タバサはベッドに腰を下ろすと、肘《ひじ》を膝《ひざ》についた。寝るのを諦《あきら》めたのだ。


その頃《ころ》……。

詰め所にしている部屋に引き返してきた衛士たちは、納得しがたい顔であったが、とにもかくにも『任せろ』との王女の命令なので、それ以上考えずに寝ることになった。

「おいジェイク。何かわかったか？」

ジェイクと呼ばれた衛士は、ナタリーが持っていたナイフを一生懸命に見つめている。

「いや……」と、小さくつぶやく。

「そういやさっきの殿下、ちょっと様子がおかしかったな。いつもなら、『お前たちいったい何をしていたの！』なんて騒ぎ立てて、俸給を減らされていたとこだ。いったいぜんたい、あのヒステリー娘に何があったんだ？　そっちのほうが気になるぜ。なぁ？」

しかし、ジェイクはじっとナイフに見入り、動かない。

「どうした？　そのナイフがどうかしたか？」

「なんでもない」

と、そのナイフをなめした革で包み、ポケットに突っ込んでジェイクはつぶやいた。

「なんでもないんだ」


グルノープルの街に到着した一行は、街をあげての盛大な歓迎を受けた。

アルトーワ伯は、街門まで王女の一行を出迎えた。王家の分家筋であるアルトーワ伯は、やはり珍しい青髪の持ち主であった。しかし、その色はタバサやイザベラのような鮮やかな青ではない。ちょっとくすんだ、水色に近い。

老いて痩《や》せた身体《からだ》をゆっくりと折り曲げ、アルトーワ伯は深く一礼した。

「これはこれは。イザベラさま。ようこそ、グルノープルへ。われら一同、殿下の行幸を首を長くして待っておりました」

それからアルトーワ伯は、目を見開いてタバサを見つめた。ばれたのだろうか？　タバサはわずかに身を硬くしたが、強力なディテクト・マジックでもかけねば、イザベラに化けたタバサの正体は見破れない。しかし、高貴のものにディテクト・マジックをかけるなどは、最大の侮辱である。できようはずもない。

ばれたか？　という不安は杞憂《きゆう》だったようだ。

アルトーワ伯は人のよさそうな笑みを浮かべた。

「さらにお美しくなられましたな。リュティスに比べたら、何もない田舎町ですがどうぞおくつろぎくだされ」

タバサたち一行は、アルトーワ伯の屋敷に通された。園遊会は明日、催されるが、すでに庭園にはパーティの準備がなされていた。園遊会の目玉は、近在の貴族たちが行う、『春の目覚め』というダンスである。地方貴族にとって、ダンスや歌は気のきいた暇つぶしである。何かあるごとに、演劇や詩歌の会が催される。このような園遊会は絶好の披露のチャンスなのである。

そのための大きな舞台が、庭園に用意されていた。

タバサが案内された部屋は、一番上等の客室であった。王女には、どこに行っても一番のものが与えられるのだった。

アルトーワ伯は、夜になったら晩餐会《ばんさんかい》が開かれるから、ぜひともご出席いただきたいと告げ、去っていった。

窓のそばに立つと、シルフィードが嬉《うれ》しげに降りてきて、タバサの顔をなめようとした。しかし、窓が閉まっているので、シルフィードの舌はガラスをなめあげただけである。悲しそうに、シルフィードはきゅいきゅいとわめいた。

次にドアが開いて、侍女の格好のイザベラが現れた。カステルモールを連れている。慌てて窓の外のシルフィードは上空へと逃げる。

「アルトーワ伯をどう思う？」

と開口一番イザベラに尋ねられ、タバサは思ったことを口にした。

「普通の貴族」

温厚な、どこにでもいそうな人のいい地方貴族であった。彼が叛乱《はんらん》を企図しているとは考えにくい。

それを告げると、イザベラはにやーっと笑った。

「そういうやつに限って、腹で何を考えているのかわからないのさ。ところで、昨晩早々、〝地下水〟に襲われたそうじゃないか。衛士たちが噂《うわさ》していたよ」

タバサは頷《うなず》いた。

「どうだい？　身内のものに次々襲われる気分は……。おちおち眠れもしないだろう？　わたしは、いつもあんな恐怖に耐えているのさ。いつ、家来や召使に寝首をかかれるのか？ってね。せいぜいあんたも、そんな恐怖に脅えてもらうよ。自分の境遇が、いかに恵まれたものかわかるはずさ」

イザベラは笑いながら部屋を出て行った。

残されたカステルモールは、イザベラの姿が消えると、深く一礼した。

「隣の部屋にいながら、シャルロットさまへの無礼なる仕打ちを止められぬとは……、お詫《わ》びの言葉もありませせぬ。昨晩はあの王女を僭称《せんしょう》する娘により、宿の外の警備を申しつけられまして……」

どうやら、タバサの護衛を願い出たが聞き入れられなかったようだ。

「別にあなたのせいじゃない」

タバサがそう慰めると、感極まった面持ちになり、カステルモールは片膝《かたひざ》をついた。

「もったいのう、もったいのうございます……」

タバサの部屋を退出したカステルモールは、一人の衛士とすれ違った。

護衛隊の一人であった。

軽く呆《ほう》けた表情である。

「おい」

とカステルモールは彼に声をかけた。

彼は振り返ると、まじまじとカステルモールを見つめ……、恭しく一本の短剣を手渡した。

カステルモールはしばらく試すように受け取ったナイフを手でもてあそんでいたが……、

「今はお前が持っておれ」

と、再び衛士に手渡した。

夜……。

ベッドに入っていたタバサはぱちりと目を覚ました。

なるべくなら今晩中にかたをつけたい。

タバサは窓を開けて、ピィ～～～、と口笛を吹いた。ばっさばっさと上空からシルフィードが降りてくる。

「きゅい？」と一応人語を避けるシルフィードに、タバサは短く命令した。

「乗せて」

タバサを乗せたシルフィードは、夜の闇《やみ》に飛び上がった。

「今からどこに行くの？」とシルフィードに尋ねられ、

「アルトーワ伯の部屋」と答えた。

「寝てるんじゃないの？」

「かまわない」

シルフィードは屋敷の上空を飛び回った。ところどころに庭に掲げられた松明《たいまつ》の明かりで、屋敷はぼんやりと浮かび上がっている。

「でも、どこかわからないわ。きゅい」

とシルフィードが文句を言うと、タバサは屋敷の一角を指差した。そこの窓には明かりがついている。

「あそこ」

「どうしてわかるの？」

「最上階。日当たりがよい場所。そしてあれは魔法の光」

と、判断の材料をタバサは並べた。

「それで突撃を敢行するお姉さまが素敵だわ」

とシルフィードはつぶやくなり、そこの窓に突進した。途中でタバサはシルフィードから飛び降り、レビテーションで窓の外の出っ張りの部分に降り立つ。

アンロックを唱え、窓の鍵《かぎ》を外した。

ふわりと床に降り立つと、暖炉の前でアルトーワ伯は本を読んでいるところであった。

窓から入ってきたタバサを見ると、目を丸くした。

「これはこれは姫殿下。こんな時間に窓からのご訪問とは……、いったいどうなされた」

タバサはアルトーワ伯の前に進み出ると、

「かくまってください」

と悲痛な声で告げた。

「かくまう？　穏やかでない！　いったい、なにがあったのですかな？」

「実は城から……、逃げ出してきたのです」

「逃げ出した？　ヴェルサルテイルでいったい何があったのですか？」

心底驚いた、といった顔で、アルトーワ伯は言った。

タバサは首をかしげた。身柄を押さえるつもりなら、『かくまってくれ』などというセリフは好都合なはずだ。しかし、アルトーワ伯の口ぶりは、そんな陰謀を微塵《みじん》も感じさせない。

「謀反騒ぎですか？　いやはや、こんな田舎におりますと、首都で何が起こっているのか、とんと疎《うと》くなりましてな……」

「そう。謀反騒ぎ」

タバサはじっと、アルトーワ伯を見つめた。

「実はあなたに、謀反の容疑がかかっている」

「謀反ですと！　このわたしが？　謀反などと！」

アルトーワ伯は顔を蒼白《そうはく》にした。

「税の払いが滞っているとか」

「去年は不作だったのです！　それは申し上げたではありませんか！　なんなら記録もお見せします！　ほれ！」

とアルトーワ伯は、壁際の書架に駆け寄り、一冊の記録簿を取り出した。

「今年の降臨祭には、宮殿へ顔を出さなかったとか」

「またそのような言いがかりを！　持病の通風が悪化して外出できなかったのです！　きちんとその旨お伝えしたではありませんか！」

この剣幕は、どうやら本物のようだ。

「そう……」と、遠い目で、タバサは頷《うなず》いた。

「このわたくしの忠誠をお疑いになるとは！　侮辱ここにきわまれり！　生きる価値さえ失いましたわい！　さればここで果てるゆえ、首をば王室に持ち帰り、この老貴族の忠誠の証《あかし》とされい!」

と叫ぶなり杖《つえ》を握って、己に攻撃呪文《じゅもん》を唱えようとしたので、タバサは風の魔法でアルトーワ伯の手から杖を吹き飛ばした。

「邪魔だてされるか!」

「あなたの忠誠は疑うところがありません。申し訳ありませんでした」と、タバサはイザベラを装い、老貴族を慰めた。

アルトーワ伯は、おいおいと泣き出した。

こんな老人が、謀反などを考えるはずもない。

では……、あの〝地下水〟を自分に差し向けたのは誰《だれ》なのだろう?

すぐにそんなことをしそうな人物に思い当たる。

「……許せない」

と小さくつぶやく。アルトーワ伯に、タバサは自分の父を重ねたのであった。なんの咎《とが》なく、ただ『王位を揺るがす存在』というだけで殺されてしまった父、オルレアン公を……。

「やはり許せませんか!」

とアルトーワ伯が叫んだ。

「あなたじゃない」

すると、背後で扉が開いた。

タバサが振り返ると、衛士の出で立《いた》ちをした男が立っている。

顔を隠すためか、仮面をかぶっていた。東方の精霊を模した仮面であった。つりあがったデザインの目穴の奥に、鋭い光をたたえた目が光る。

「こんな時間に祖父ほど歳《とし》の離れた紳士の部屋を訪れるとは……、王女の所業とは思えませんな」

「〝地下水〟？」

と尋ねると、男は優雅に一礼した。

「二晩も続けてお会いできるとは……、光栄至極」

タバサは怒りを表した声で、叫んだ。

「誰に雇われたの？　言って」

「昨晩も申し上げたはず。それは言えません、と」

〝地下水〟の慇懃《いんぎん》な態度に、タバサは強い不快感を覚えた。しかし……、不用意に攻撃呪文を唱えても、昨日の二の舞だろう。

そんな躊躇《ちゅうちょ》が命取りであった。驚くべき速さで、〝地下水〟は魔法を放ってきた。

〝アイス・カッター〟

風の刃《やいば》がタバサを襲う。

「デル・ウィンデ！」

タバサはすばやく体の周りに、防御のためのつむじ風を纏《まと》わせたが……、全部を防ぎきることはできなかった。タバサの着込んだ薄い寝巻きが、切り裂かれる。

昨日の魔法とは威力が違う。どうやら彼は本物の〝地下水〟のようだ。

薄く腕から血を流し、タバサは呪文《じゆもん》を唱えた。

咄嗟《とっさ》に出たのは得意の〝ウィンディ・アイシクル〟。

相手の速さに、タバサは冷静さを失っていた。

「ラグーズ・ウォータル・イス・イーサ・ウィンデ」

しかし、届く前に〝地下水〟の杖《つえ》から炎が舞った。

〝ファイヤー・ウォール〟！

炎の壁が、〝地下水〟に降りかかる氷の矢を溶かしつくす。〝風〟と同じぐらい、〝火〟も使いこなす〝地下水〟に、タバサは声にならない呻《うめ》きをあげる。

相当な使い手だ。

タバサは後ろに飛び退《すさ》ると、精神力を振り絞った。

魔力を練りこみ、一気に放つ。

〝アイス・ストーム〟

氷交じりの嵐が、包み込むように〝地下水〟を襲う。攻撃範囲の広いその呪文で、まずは動きを封じてやろうと思ったのだ。

しかし……、〝地下水〟は同じく〝アイス・ストーム〟を放ってきた。狭い部屋の中で、二つの嵐がぶつかり合う。

荒れ狂う二つの嵐が、部屋の中を一瞬で戦場に変えた。ベッドやクローゼットなどの家具が、バラバラに引き裂かれ、布が宙を舞った。暖炉の炎が掻《か》き消え、部屋の中は闇《やみ》に染まる。

二つの嵐がぶつかり合った結果……。

「うっ！」

吹き飛ばされたのは、タバサであった。荒れ狂う雪嵐に呑《の》まれ、壁に叩《たた》きつけられる。

「く……」

と、タバサの口から苦痛の呻きが漏れる。

「おやおや、〝雪風〟が〝雪風〟に吹き飛ばされるとは……、ご自分の二つ名に裏切られたようなものですな」

その言葉で、タバサの中の疑いが確信に変わる。

自分の正体を知っているのは……、イザベラだけだ。

「……卑怯《ひきょう》よ」

従姉姫《いとこひめ》の顔を思い出し、タバサはつぶやいた。あの気まぐれなイザベラは、どんな理由があって自分をこんな目にあわせるのだろう？

フェイス・チェンジで変えられた顔が怒りでゆがむと……、皮肉なことにさらにイザベラそっくりになった。

タバサは立ち上がろうとした。

しかし……、手足が痺《しび》れて動かない。〝地下水〟はおそらくスクウェア・クラスのメイジか、それ以上の力を持っているに違いない。

「では、あなたさまを捕獲して、任務完了としますか」

〝地下水〟はゆっくりと近づいてきた。

そのとき、ドアから風が飛び込んできた。

「曲者《くせもの》！」

カステルモールであった。

彼は仮面をつけた〝地下水〟と倒れたタバサに気づき、唇を噛《か》んだ。

〝地下水〟は仮面の下の口を、にやっとゆがませると、開いた窓から飛び出していった。

「おのれ！　よくもシャルロットさまを！」

と叫び、カステルモールも窓から飛び出していく。タバサも立ち上がろうとしたが、未《いま》だ身体《からだ》が痺れていた。部屋の隅で震えていたアルトーワ伯が這《は》いながら、タバサの元へとやってきた。

「い、いったい何事ですか！　何が起こっておるんですか！」

おそらくは今回の事件で一番不幸であろうアルトーワ伯は、何度もタバサに尋ねた。

そのとき……、魔法のショックか効果時間を過ぎたのか、タバサのフェイス・チェンジが切れた。元に戻ったタバサの顔を見て、アルトーワ伯は目を丸くした。

「あなたは、シャルロットさまではありませんか！　いや、先ほどの騎士の言うとおり！

外国へ留学したと聞きましたが、なぜにこのような……」

と言うなり、アルトーワ伯は気絶した。いっぺんにいろんなことが起こりすぎて、頭がパンクしたのだろう。明日は誕生を祝う園遊会だというのに、つくづく不幸な人物であった。

そこに窓から、シルフィードが顔を突き出した。

「お姉さま。今、この窓から尋常じゃない様子の二人組が出て行ったけど……、何が起こってるの？　きゅい？」

それから傷だらけのタバサに気づき、悲鳴をあげた。

「きゃあああああ！　お姉さま傷だらけ！　何があったの！　きゅいきゅい！」

タバサはやっとのことで身を起こした。

「乗せて」

とよろけながら、シルフィードに命令する。

「どうするの！　ボロボロなのに！」

「追いかける」

「あんな怖い人たち追いかけるなんてイヤ！　きゅい！」

と根が臆病《おくびょう》なシルフィードは、いやがったが、タバサの命令とあらばしかたがない。

う〰〰〰、と困ったように呻《うめ》いていたが、タバサをひょいっとくわえて、その背に跨《また》がらせた。

「あとでいっぱいお肉食べさせてもらうんだから！　きゅい！」

夜空に舞い上がり、闇《やみ》に消えた二人のメイジを捜した。

しかし……、庭園は広く、それにほとんど闇である。耳を澄ましても、聞こえてくるのは風切り音ばかり。

途方にくれていると、人よりは夜目が利くシルフィードが目標を発見した。

「お姉さま、あそこに誰《だれ》かいるわ」

昼間見た、庭園に設営された舞台であった。

月明かりの下、黒々と横たわった大きな板作りの台の上に、人影が見えた。タバサは杖《つえ》を構え、シルフィードに降りるよう命令した。

「えええええ〰〰〰、あそこに降りるの？　怖いよう」

「いいから」

と珍しく語気を強めたタバサに抗しきれず、シルフィードは降下する。

どうやら、戦いは終わったようだ。

一人が、倒れたもう一人を片膝《かたひざ》ついて覗《のぞ》きこんでいる。

〝地下水〟とカステルモールであろう。

しかし……、どちらが勝ったのだろう？

シルフィードは舞台に降り立つ。タバサは油断せずに、杖を構えた。そんなタバサとシルフィードに気づき、片膝の影が立ち上がる。

「シャルロットさま？」

タバサはほっとした。どうやら、カステルモールは勝利したらしい。倒れた男の仮面が外れている。昨日、タバサの部屋に飛び込んできた衛士の一人であった。

「彼が、〝地下水〟？」

カステルモールは頷《うなず》いた。

「ええ……。最近入隊したうちの一人です。今後は、身元をしっかりと確認する必要があるようですな」

タバサは倒れた男を見つめた。まだ若いのに、随分と強力な使い手である。あれだけタバサを苦しめたのだから……。

じっとその衛士を見つめ……、タバサはおかしなことに気づいた。どこにも着衣の乱れが見当たらないのだ。なんらかの魔法の攻撃を受けて気を失ったのならば、その痕跡《こんせき》が残るはずだ。〝火〟系統なら焦げたあと、〝風〟ならば切り傷、〝水〟ならどこか濡《ぬ》れているはずだ。土なら……、もっと痕跡が残る。土で汚れていたり……。

しかし、衛士の身体《からだ》には、どこにもそんな痕跡がない。

タバサはカステルモールを見つめた。彼はロープとナイフを取り出すと、衛士を縛り始めた。小さな声でタバサは尋ねた。

「そのナイフ、どうしたの？」

「え? ああ、彼が持っていたんですよ」と、カステルモールは答えた。

次の瞬間、右手にナイフを握ったままカステルモールは左手で杖《つえ》を引き抜いた。

しかし、今度ばかりはタバサの方が速かった。

杖を振り、素早く詠唱。

〝ウィンディ・アイシクル〟

氷の矢は、カステルモールの左手に集中した。

「くッ!」

カステルモールは咄嗟《とっさ》に身をかわそうとしたが、一本の氷の矢が左手を貫く。ナイフがその手から落ちた。すると……、糸が切れた操り人形のように崩れ落ちた。

タバサは間髪いれずに、次の呪文《じゅもん》を詠唱した。

空気が震え、小さな稲妻がいく筋も走った。

〝ライトニング・クラウド〟、電撃の呪文である。

稲妻は、カステルモールではなく……、落ちたナイフを直撃する。

「うぎゃあああ!」

すると悲鳴が……〝ナイフ〟から飛び出た。

「〝地下水〟ね」

タバサはつぶやく。ナイフはぴりぴりと震えたが、返事はない。続いて、タバサが再びライトニング・クラウドを詠唱すると……、

「わかったわかった！　降参だ！　だから〝電撃〟だけは勘弁してくれ！」

とナイフは人の言葉を発してわめいた。


「インテリジェンス・ナイフってわけなのね」

転がったナイフを前にして、シルフィードがつぶやいた。

そう。

〝地下水〟の正体は、一本のナイフであった。意思を込められた魔短剣……、インテリジェンス・ナイフであったのである。

握ったものの意思を奪う能力で、次々に宿主を変えてきたナイフ……、それが謎《なぞ》のメイジ傭兵《ようへい》〝地下水〟だったのだ。正体不明だったのも無理はない。

タバサは転がったナイフの前に立ち、事情を聞きだした。土に埋めてしまう、と脅したら、ぺらぺらと〝地下水〟は、知っている限りのことを話し始めた。

「お姉さまを苦しめるなんて、あなた強いのね」

シルフィードが、感心したように言った。

「意思をのっとったメイジの魔力が、俺《おれ》の能力に加算されるんだ」

「だから侍女の体をのっとったときはあまり強くなかったのね？」

「そうだね」

と悪びれない声で〝地下水〟は言った。

「どうして、イザベラに雇われたの」とタバサが尋ねた。

「ガリアの〝北花壇騎士団《シユヴァリエ・ド・ノールパルテル》〟は、昔っからのお得意さまでね。今回もいつものように雇われた。そんだけさ。お前が知らないところで、俺《おれ》は随分活躍したぜ。まあ、北花壇騎士は横のつながりがないから、知らないのも無理はないがね」

「なぜ、傭兵《ようへい》をしているの」

「暇だからさ」

と〝地下水〟は淡々と答えた。

「こちとら寿命がないからね。〝意思〟を吹き込まれたら最後、退屈との戦いだよ。どうせ戦うなら、何か目安が欲しいからね。金とか……、名声とかね」

インテリジェンス……〝知性〟を持たされた魔法の道具は珍しくない。ただ、握った人間の意思をのっとれるほどの魔力を持つ存在は珍しい。よほど高位のメイジが、意思を付与したのだろうが、今のタバサには関係なかった。

タバサは最後に、どうしてイザベラが自分を襲わせたのかを尋ねた。

「……暇だからさ」

退屈しのぎ、とのことであった。南ガリアでさかんな、〝闘竜〟のように、メイジ同士を戦わせて楽しむつもりだったのだ。

「イザベラは、自分のお抱えの騎士など、将棋の駒《こま》ぐらいにしか思っちゃいない。俺も、あんたも、その遊びに付き合わされたってわけだ」

タバサの肩が怒りで震えた。

珍しく……、タバサの表情が変わった。眉《まゆ》をひそめ、唇を噛《か》み締める。

見るものをあとじらせるような怒りが、その顔に浮かんでいる。

タバサのそんな様子に気づき、〝地下水〟が震えだした。

「おいおい！　そんなに怒るなよ！　俺は命令されただけだぜ！　頼むから溶かすだの、埋めるだの、水に沈めるだのは勘弁してくれよな！」

タバサは深呼吸すると……、怒りを飲み込んだ声で告げた。

「許してあげるから、わたしの言うことを聞いて」

「あ、ああ……。命を助けてくれるっていうんなら、大抵のことは聞いてやる」

〝地下水〟は、ふるふると震えた。

タバサは自分の計画を、〝地下水〟に説明した。

〝地下水〟は黙って聞いていたが……、笑い出した。

「いいぜ。やってやるよ。いい退屈しのぎになりそうだ。そろそろあの王女に雇われるのも、飽き飽きしていたところだしな！」

翌朝……。

イザベラは、つまらなそうな顔で、カステルモール、に握られた〝地下水〟の報告を聞いていた。操られている間の記憶は〝地下水〟の任意である。消すこともできるし、夢を見させているように感じさせることもできるし、意思だけは感知できるような状態にもできる。今のカステルモールは、記憶を消されている状態だ。

〝地下水〟が手から離れた瞬間、どうしてここに？　という状態になるであろう。

「風の魔法を二発ほど見舞ってやったら、おとなしくなりました。得意の風魔法に敗北させられた気分は、いかがでしたでしょうな」

「なぁんだ。結局あっけなく勝っちゃったの。あの〝人形娘〟もたいしたことないわね」

イザベラは大きなあくびをした。

目の前では、園遊会の目玉であるダンスが行われているところであった。庭園にしつらえられた舞台の前、イザベラは家臣を従えて一番前の席に座っている。隣にはアルトーワ伯の姿も見える。彼は会うなり昨日のことを尋ねてきたが、「軽い謀反騒ぎだ」とイザベラは説明したのみ。適当にあしらわれ、アルトーワ伯は憤慨したが、首を突っ込んでこれ以上面倒ごとに巻き込まれてはかなわないと覚《さと》ったのか、それ以上尋ねてはこなかった。

「殺さなかったでしょうね」

「はい……、しかしながら重傷を負いましたゆえ、これ以上の任務の遂行は困難と思い、衛士をつけてリュティスに送り返しました」

「生かさず殺さず。これからもずっと、わたしのおもちゃになってもらうんだから、大事にしないとね！」とイザベラは笑い転げた。

舞台では、演目がたけなわであった。薄い布を幾重にも纏《まと》った美しい娘たちが現れて、春の訪れに対する喜びを表現し始めた。

鮮やかな、咲き乱れる花のような見事な踊りであった。

イザベラはその典雅な踊りに見入った。

「姫殿下。これはあの娘よりの言伝《ことづて》です」

〝地下水〟は、イザベラに囁《ささや》くように告げた。しかし、移り気なイザベラは、すでにダンスに夢中である。

「あとにして。今、ダンスを見ているの」

「では……、お渡ししておきます」

すっと差し出されたそれを、イザベラは反射的に握った。

「これはなに？」

イザベラは手に握ったそれを見つめようとしたが……、身体《からだ》が言うことをきかない。ちょっと、と声を出そうとして、声が出ないことに気づく。

〝姫殿下。今日を最後に、お暇をいただきたくあります〟

〝地下水〟の声が、ダイレクトに心に届く。そこで気づく。今、握らされたのは、〝地下水〟自身であった。右手に光る、銀色の短剣。自分の身体は、〝地下水〟に操られているのであった。今まで、幾度となく己が命令して、〝地下水〟に他人の身体を操らせたように……。

『きゃあああ！』

心の中でイザベラは悲鳴をあげた。

いきなり自分の身体《からだ》が立ち上がったのである。

『ちょ、ちょっと……、何をする気なのよ！〝地下水〟！』

〝今までお世話になったお礼といってはなんですが……、踊りを披露したく存じます〟

わめこうとしたが、すっかり身体のコントロールを握られているのでどうしようもない。

己の口から勝手に飛び出た言葉が、耳に響く。〝地下水〟が自分の身体を操って、言葉を発しているのだ。

「アルトーワ伯の誕生日を祝うためにわたくしがダンスを披露しますわ」

観客から歓声が沸いた。

ふらふらと舞台の上へと、イザベラは〝地下水〟に操られるままに歩き出した。

王女の飛び入りに、舞台の上の踊り子たちは気をきかせ、曲にあわせて場所を空ける。

『ちょっと、なんでわたしが踊らなくちゃならないのよ！』

〝たまには人に操られる気分を味わってはいかがですか？〟

観客の歓声が悲鳴に変わった。

右手に握ったナイフ……〝地下水〟が、イザベラの身体を貫くかたちで、持ち上げられたのである。

イザベラも、心の中で悲鳴をあげた。

『やめて！』

シルフィードは舞台の上空を旋回しながら、眼下の騒ぎを見物していた。

下はもう、大騒ぎであった。

なにせ、〝地下水〟に操られたイザベラが、己の着ている服をナイフで切り裂き、生まれたままの姿になってダンスを開始したのである。

目を覆うもの、普通なら見ることなどかなわぬ王女の肢体に釘付《くぎづ》けになるもの、止めろと騒ぐもの、いやあれは王女の芸術である止めるのは侮辱とわめくもの……。

とにかくイザベラは、ガリア史上初の、裸で舞った王女として歴史に名前を残すであろう。

「すごい！　ちょっと可哀想だけど、あれだけお姉さまに意地悪してるんだから当然なのかしら！　きゅいきゅい！」

と楽しそうな声で、シルフィードがわめいたが……、ことの仕掛け人である背中の主人は、ぼんやりと空など見つめている。

「見て！　お姉さま！　あの王女ってば、もうお嫁にはいけないわね！　見て見て！　わあ！　ちょっと！　今の格好夢に見ちゃいそう！」

タバサはとんとんとシルフィードの頭を杖《つえ》で叩《たた》いた。

「なあに？」

「帰る」

き始めた。


「えー、最後まで見たい」

とシルフィードが文句を言ったら、タバサは短く言った。

「趣味が悪い」

お姉さまには言われたくないですわ、と一声つぶやき……、シルフィードは強く羽ばたき始めた。

風が吹き……、タバサの青髪をさわやかに持ち上げる。

タバサはちょっと忌々《いまいま》しそうにその髪を横にどけた。

新しい本を鞄《かばん》から取り出し……、心を落ち着かせるような調子でタバサはページをめくり始めた。先ほどの気持ちの高ぶりが、まだおさまっていなかったのかもしれない。タバサの口からかすかな鼻歌が漏れた。

それは……、子守唄《うた》であった。

昨晩、タバサが口ずさんだ子守唄である。

「お姉さま、何を歌ってるの？」

シルフィードに尋ねられ、タバサは慌てて本で顔を隠す。珍しいほどに慌てた様子。シルフィードは、そんな仕草でタバサが読書を開始したと誤解したらしく、文句をつけ始めた。

「まったくいつも本ばっかり読んで！　少しは会話も覚えてなのね！　気のきいた会話ができるようなお友達をおつくりなのね！」

「友達ならいる」

　タバサは言い訳するようにつぶやいた。シルフィードは納得いかない、とでもいうように首を振った。

「お姉さまのお友達、あのなんだっけ？　赤い髪のあばずれだけじゃないの。はっきり言うけど、シルフィは、あのキュルキュルとかいう女、好きじゃありません。あれは享楽主義者よ。人生、楽しければいいという、不真面目《ふまじめ》よ。ほかにお友達つくったら？　というかお友達じゃなくって恋人！　恋人をつくるべきよ！　でもってそのお話をわたしにして！　そうすれば少しはわたしの退屈もまぎれるのね！　きゅいきゅい！」

　シルフィードはじっとタバサの顔を覗《のぞ》きこんだ。自分の退屈しのぎに、タバサに恋人をつくれと言っている、無茶なシルフィードであった。

　困ったように、タバサは横を向いた。

「好きな男の子、いないの？」

「いない」

「だったらつくるの」

　タバサは下を向いた。

「シルフィね、お姉さまのために考えました。どういうのがお姉さまの恋人にいいかなーって。トリステイン魔法学院にいる魔法使いたちはみんな気取ってるからシルフィ好きじゃないの。となると誰《だれ》がいいかなー、うーん……」

シルフィードは考え始めた。そのうちに、嬉《うれ》しげに尻尾《しっぽ》を振った。何か思いついたらしい。

「ああ！　あの人なんかどう？　あのギーシュさまをやっつけた、平民の男の子！　お姉さまが初めてお付き合いをするにはぴったりじゃない？　なんか気さくで、陽気で、シルフィあの人好きよ。きゅいきゅい！　じゃあ今度、デートに誘いなさい。いや、お姉さまから誘ったのではしたないから、そっと上目遣いに見上げたあと、小走りに立ち去るのよ。きっとそれだけで『どうしたんだろう？』ってなるのね。きゅい」

しかし、もうタバサはシルフィードの台詞《せりふ》を聞いていない。

ひとつの単語が、頭の中を駆け巡っていた。

友人……。

タバサは空の向こうを見つめた。

学院に戻れば……、友人たちが待っている。数少ないが、そばにいるとほっとできる、そんな仲間たち。

さっきの子守唄《うた》ぐらい、あの学院とそんな友人たちが心の支えになっていることに気づき……、タバサはかすかに笑みを浮かべた。

第四話　タバサと魔法人形

トリステインの魔法学院。

通称〝アウストリの広場〟と呼ばれる中庭で、少女が二人、仲良くベンチに腰掛けていた。

一人は青髪の小柄な少女。眼鏡《めがね》の奥のこれまた青い瞳《ひとみ》をきらめかせ、熱心に本を読んでいる。

タバサであった。

「ねえタバサ、聞きたいことがあるんだけど」

そうタバサに問いかけたのは、赤い髪が眩《まぶ》しいキュルケであった。

彼女はまったくタバサとは対照的な容姿を持っている。

長い、腰まで伸びた赤い髪。

タバサより頭二つ分は高い身長……。

くびれた腰の上、大きな女性の象徴が揺れる。まったく惚《ほ》れ惚《ぼ》れするような肢体である。

浅黒い肌が、その野性味を強調し、見るものを振り返らせる美貌《びぼう》を誇っていた。

彼女は己の系統の〝火〟を象徴するような赤い髪をかきあげ、自分の隣で読書に没頭する親友に再び問いかけた。

「あなた、寂しくないの？　あなたっていっつも本を読んでて……、あたし以外の子と口をきいてるの、見たことないんだけど」

タバサは首を振った。

「今は寂しくない」

「そう」

再び沈黙。

次にキュルケは、タバサにしなだれかかった。

「ねえタバサ。まあ、無口なあなたも悪くないけど、たまにあなたがあたしのおしゃべりにつきあってくれたら、もっと素敵だと思うの」

しかしタバサは答えない。ただ、ページをめくるのみ。

「そうね！　あなたも恋をしてみない？　恋よ！　恋！　恋はいいわよぉ〰〰、なにせわくわくして、どきどきして、夜も眠れなくって、夢中にさせて、いらなくなったら、ぽいってね！」

「いい」

短く答えられ、キュルケは首を振った。

「あたしねぇ、最近、ちょっと恋しちゃったのかもしれないの。聞いてくれる？」

返事はない。

キュルケは、濡《ぬ》れた薪《まき》に一生懸命火をつけようとしている気分になってしまった。

すっかりしらけて、キュルケは両手を広げた。

キュルケは情熱的で、どちらかというとおしゃべりな女の子だった。だから本来なら、こんな風に無口なタバサと気が合うはずもないのだが……、なぜかタバサのそばにいると落ち着くのである。だから気づくとそばにいるのかもしれない。

「不思議なこともあるものね」

キュルケはしばらくその理由について考えこんでいたが、そのうちになにか閃《ひらめ》いたのか、ぽん、と手をうった。

「そっか。そうなんだわ。無口なのに、そばにいて苦痛じゃない……。そんな相手はあなただけよ。だから、あたしはあなたが必要なのね。なぜって、そんなの唯一無二だからよ。やっとわかったわ。恋人の代わりはいくらでもいるけれど、あなたの代わりはいないってことね」

なんだか納得したわ、うん、と頷《うなず》くキュルケに初めてタバサは視線を向けた。

「……必要？」

「あったりまえじゃない！」

キュルケはタバサの肩を叩《たた》いた。しばらくタバサはキュルケの顔を見つめていたが、再び本に目を戻す。心なしか、本のページを見つめるその青い目が優しい雰囲気を漂わせていた。

そのとき……。

ばっさばっさと、タバサの頭の上にフクロウが留まった。

タバサは無言でその足から書簡を受け取ると、開いて書かれた一文を見つめる。その目から、小さな優しさが消える。

「ん？　なに？　どったの？」

タバサは立ち上がった。

「ちょっと、どこに行くの」

「出かける」

「はい？　出かけるって、どこに？」

キュルケの問いに答えずに、タバサは歩き去った。

そんなタバサの様子に、キュルケは首をかしげる。

「あの子、たまにああやって授業サボって出かけるけど、いったいどこで何をしてるのかしら？」

しばらく考えていたが……、ま、いっか、人にはいろいろ事情があるわよね、とキュルケは一人納得した。


「お前たち、手を差し出しなさい？」

プチ・トロワの幾重にも緞子《どんす》が垂れ下がった部屋の中、イザベラは並んだ召使たちに、告げた。

主人の趣味である派手なフリルのついた衣装に身を包んだ召使の少女たちは、怯《おび》えたように顔を見合わせる。

深くソファに腰掛けたイザベラは、傍らのテーブルの上の小さな人形を弄《もてあそ》んでいた。

「大丈夫よ。なにもあなたたちをとって食べようってわけじゃないわ」

イザベラは、さも楽しげな笑みを浮かべた。彼女は、自分に怯えているものたちを見るのが、何よりの楽しみなのであった。

一人の召使が、意を決したように手を差し出した。イザベラはついっと軽く杖《つえ》を振った。

「んっ！」

小さなつむじ風が吹いて、召使の指に傷をつける。

その指の切り傷から、小さな血の玉が膨れ上がり、床にぽたりと垂れた。思わず指を押さえようとする召使を、イザベラは制した。

「動かないで」

イザベラは傍らのテーブルに置いた人形を取り上げると、召使の指から垂れる血にかざした。

召使は恐怖に顔をゆがめる。

すると……、驚くべきことが起こった。

その人形はするすると膨れ上がり、召使の少女と寸分たがわぬ姿になった。

「ひッ……」

恐怖に顔をゆがめ、召使はあとじさる。

「そんなに怯えなくてもいいわよ。これはね、古代のマジックアイテムで〝スキルニル〟という魔法人形よ。こうやって血を吸ったものに化けることができるの。あなたの能力をも完全に複写しているわ。ほら」

イザベラは顎《あご》をしゃくった。すると召使に化けた〝スキルニル〟は、部屋の隅の衣装箱から裁縫道具を取り出し、繕い物を始めた。

召使は手元を覗《のぞ》き込み、あ、と目を丸くした。

魔法人形は、己が得意とする模様と、寸分たがわぬ刺繍《ししゅう》を生み出していた。

「さて、わたし思ったの。同じ強さのものが殺しあえば、どっちが勝つのかしら？　ってね……」

召使たちは震えた。

「花壇騎士タバサさま！」

呼び出しの衛士の声が響く。一同はほっとした顔になる。イザベラの矛先が、これで変わるからであった。

扉が開いて、青髪の小柄な少女が姿を見せた。イザベラは一瞬、忌々《いまいま》しげな表情になったが……、すぐに猛禽類《もうきんるい》を思わせる笑顔に変わる。

「おいで、人形娘」

手を振って、タバサを呼び寄せる。

イザベラはタバサの顔を覗き込む。

「お前、自分の分身を見たいと思わない？」

タバサは無言である。

見ると、テーブルの上には二十サントほどの人形が、いくつも置いてある。

「古代の魔法人形だよ。血を吸った相手に、完全に化けることができるのさ。完全にね。お前、自分同士で戦ってみたくはない？」

タバサとイザベラは、しばし視線を交えた。

イザベラは眼光するどく従妹《いとこ》を睨《にら》みつけたが……、先に目をそらす。

「今回の任務だよ。残念なことに、ひどく簡単で気が抜けるような任務だわ」

書簡を、タバサに放《ほう》る。それを受け取ると、タバサは退出しようとした。

「お待ち」

イザベラはテーブルの上にあった魔法人形を一個、タバサに放った。

「一個あげるよ。人形娘に人形。傑作だろ？」


青い空の下、その空の青さに負けぬぐらい鮮やかな蒼《あお》を誇る鱗《うろこ》をきらめかせ、ガリアの首都リュティスの上空を、一匹の風竜が主人を乗せて飛んでいた。

「お姉さま、お姉さま」

風竜は背に乗った主人に呼びかけるが、肝心の相手ときたら手に持った本を読みふけるのみ。

「あのねぇ、たまにはシルフィのお相手しなさいよ。退屈で死にそうなのよ。きゅいきゅい」

きゅいきゅいと、その凶暴そうな顔に似合わぬ声をあげるのは、風韻竜《ふういんりゅう》のシルフィード。

その背に跨《また》るのは、シルフィードの小さなご主人さま、タバサである。

例のごとくタバサは答えない。ただじっと、目の前の本に夢中になっている。

「でも、今度の任務は傑作だわね！」

シルフィードはさも楽しそうに、頷《うなず》いてみせた。

「お姉さまに、先生の真似事《まねごと》をやらせようっていうんだから！　お姉さまに先生なんてできるの？　きゅい！」

「先生じゃない。学校に連れてくだけ」

そう、今回の任務はなんと、『学院に通わない貴族の子弟を、通わせること』。

タバサのような北花壇騎士《シュヴァリエ・ド・ノールパルテル》が引き受ける任務じゃない。

「いったい全体どうなることやら、わくわくしちゃうわね！　きゅい！」


ガリアの首都リュティスには、貴族の子弟が通う学校が多数存在する。貴族を貴族たらしめている〝魔法〟を教える魔法学校だけではなく、貴族の女子のための作法を教える女学校、軍を担うべき士官を養成する兵学校……、様々である。

そんな中、リュティス魔法学院は、高名なトリステインの魔法学院にも匹敵する格式と歴史を誇る、大国ガリアにふさわしい陣容の貴族の学び舎《や》であった。

交差した二本の杖《つえ》を模した十字型の広大な校舎は、〝旧市街〟と呼ばれる中州のほぼ真ん中に位置している。

各国からの留学生や地方貴族の子弟が暮らすための寮や、〝塔《ラ・トゥール》〟と呼ばれる巨大な魔法研究塔をはじめ、巨大な建物が並ぶさまは壮観である。

そこは、国内外でも裕福で有力な貴族の子弟しか通うことを許されない、選ばれたものたちの学院なのであった。

今回タバサに下された任務は、そのリュティス魔法学院に通うオリヴァンという十五歳の少年を、なんとしてでも学院に通わせろ、というもの。

オリヴァンが住む屋敷は、リュティス魔法学院からさほど離れていない、ロンバール街の一角にあった。オリヴァンの家、ド・ロナル伯爵家は数々の大臣や将軍を輩出し、古くからガリア王家に仕える家系であり、その屋敷もその家系に似合った立派なものだった。

大通りに面した門の上には、巨大なマンティコアの像が鎮座している。

タバサが門の前に立つと、マンティコアの像が口を開く。

「当家に何用ですかな」

「ガリア花壇騎士、タバサ」

短く、己の肩書きと名前を述べる。〝北〟をつけて名乗る北花壇騎士はいない。

するとギィ〜〜〜〜〜、っと音を立て門が開く。ばっさばっさと音を立て、シルフィードが後ろからついてこようとした。

しかしタバサが空を指差したので、悲しげに一声鳴くと、上昇していく。未練がましくぐるぐると屋敷の上を飛び始めた。

まず、タバサが通されたのは、屋敷の客間であった。きらびやかな装飾品がちりばめられた、宝石箱のような客間である。年頃《としごろ》の少女なら、夢中になって眺めいるところだが、タバサはぴくりとも視線を動かさない。

その客間の真ん中、三メイル四方はあろうかという巨大なソファに身体《からだ》をうずめるようにして、女性が座っている。己が身体を預けているふわふわのソファのように、でっぷりと肥え太っていた。ガリア貴族の退廃の象徴のようなその女性が、ド・ロナル伯爵夫人……、オリヴァンの母であった。

彼女は上から下までタバサを見つめ、

「そなたが王宮が寄越《よこ》した花壇騎士かえ？」

古臭い宮言葉で、タバサに問うた。

タバサは小さく頷《うなず》いた。

しばらく彼女はタバサに見入っていたが、おもむろに顎《あご》をしゃくる。すると魔法の鈴が鳴り響き、先ほどタバサをここに案内した執事が飛んできた。

「お呼びでございますか？　奥様」

「誰《だれ》が子供を呼べと申した。わらわは〝騎士《シユヴアリエ》〟を呼べと申したのじゃ。あの子の遊び相手が欲しいわけではない。臆病者《おくびょうもの》に、勇気を与える騎士が欲しいのじゃ」

執事は恐縮した。

「恐れながら奥さま、ここなタバサさまは、十二歳でシュヴァリエの称号を得た、まごうことなき栄誉あるガリア花壇騎士でございます」

「〝シュヴァリエ〟とな。最近では商家の認可証並みに、濫発しておるという話ではないかえ……。ちこう。よい、ちこう」

ド・ロナル夫人はタバサを手振りで引き寄せた。ぷっくりとした林檎《りんご》のような手が伸びて、タバサの顎をつかむ。

じっくりと目を覗《のぞ》き込み、頷いた。

「そちに任す。よきに計らえ」

いったいそれで何がわかるのか？　といった感じだが、ともかく仕事の許可が下りたらしい。

ド・ロナル夫人は、再び呼び鈴を鳴らした。

「お呼びでございますか？　奥さま」

すると、今度は赤い髪の召使の少女が現れた。

「オリヴァン付きの召使じゃ。わからぬことがあれば、このものに尋ねよ」

召使の少女が寄ってきて、タバサに一礼した。

「オリヴァンさまは、御寝室でお休み中でございます」

肖像画がずらりと並んだ長い廊下を歩きながら、アネットと名乗る召使の女性が説明してくれた。年のころは、十八歳ほど。優しく、包み込むような雰囲気を持った女性であった。メイドカチューシャで纏《まと》め上げた赤い髪の下に、たれ気味の鳶色《とびいろ》の目が眩《まぶ》しい、健康的な感じの美人であった。

赤い髪が、どことなくキュルケ……、タバサの魔法学院での友人のそれに似ている。しかし、似ているのはそれぐらいなもので、おっとりとしたその雰囲気は、燃え盛る火のような勢いを感じるキュルケのそれとはほどとおい。

アネットは心を痛めている声で言った。

「今年より、リュティス魔法学院に入学されたのですが……、二週間もしないうちに、通わぬようになってしまわれたのです」

「原因は？」タバサは尋ねた。

「さて……、旦那《だんな》さまにも奥さまにも、わたくしにも、他《ほか》の召使にも何もお話しになりませんゆえ……」

困ったようにアネットは首を振った。

「奥さまにおかれましては、とにかく学院に通わせろ、との一点張りでございまして……、しかしわたくしども使用人ではいかんともしがたく……」

困り果てた調子で、アネットは言った。夫人と学院に行きたがらぬ息子の間で板ばさみになっているのであろう。どちらにしろ、そんなつまらぬことで騎士が呼び出されるなど本来はありえない。腐敗しきったガリア王宮の現実が、ここにも見えていた。

柏《かしわ》とマンティコアの派手な紋章が躍る扉の前で、アネットは立ち止まった。

「こちらでございます」

アネットは丁寧な仕草で、扉を軽くノックした。

「アネットでございますよ。ぼっちゃま、扉をあけてくださいまし。もし、ぼっちゃま！」

返事はない。アネットはため息をついて俯《うつむ》いた。

タバサは扉の取っ手に手をかけた。しかし鍵《かぎ》がかかっている。

ためらいなく、タバサはアンロックを唱えた。

が……、さすがは貴族の屋敷。固く〝ロック〟の呪文《じゅもん》が施されているようだ。トライアングルクラスのアンロックを受けつけない。

次にタバサが取った行動は、アネットの想像を超えていた。

「ラナ・デル・ウィンデ」

なんとタバサは、おもむろに強力な攻撃呪文、〝エア・ハンマー〟を唱え始めたのである。

「ちょ！　騎士さま！　いったいなにを！」

慌てるアネットをまったく意に介さず、タバサは呪文を完成させ、扉に振り下ろす。

ぼごんッ！　と派手な音が響いて、〝ロック〟がかかった扉が一気に吹き飛んだ。

タバサは挨拶《あいさつ》もせずに部屋へと入り込んでいく。

その中は、贅《ぜい》の限りを尽くした少年の砦《とりで》であった。まず目を引くのは、部屋の三方にずらっと並んだ棚と書架である。棚には夥《おびただ》しい人形が並んでいた。少女や兵隊を模したもの、大きなもの、魔法で動くもの……、様々である。

床にはいくつもの将棋盤や、パズルの板やカード類が散らばっている。それより目立つのは、いたるところに散乱した食器や、ワインの壜《びん》などであった。思春期の少年の体臭と、それら食べかけで放置された食事の匂《にお》いが混じりあい、なんともいえないせつない匂いをかもし出している。見た目は豪華な部屋だが、その匂いのおかげで牢獄《ろうごく》のような雰囲気を漂わせていた。

部屋の真ん中に鎮座した大きな天蓋《てんがい》のついたベッドの中で、呆然《ぼうぜん》とした顔でタバサを見つめる少年がいた。先ほどのド・ロナル夫人とよく似た太った身体《からだ》つき。

オリヴァン少年であった。

「だ、誰《だれ》だお前は」

タバサは無言で杖《つえ》を振った。

するとオリヴァンの身体がふわりと浮き上がる。見事なぐらい肥えた少年であった。おまけに屋敷の外にほとんど出たことがないのだろう、肌が真っ白である。サテンの寝巻きに包まれた太った身体を揺らし、オリヴァンは騒いだ。

「な、何をする！　無礼もの！　アネット！　こいつをつまみ出せ！」

そう言われても、平民のアネットにメイジを止められるわけもない。アネットはおろおろと見守るばかり。

タバサは浮かべたオリヴァンを杖で操りながら、部屋の外へと向かう。

「おい！　貴様！　ぼくをどこに連れていくつもりだ！」

タバサは短く答えた。

「学院」

寝巻き姿で浮かんだ状態で、オリヴァンは大通りをゆく羽目になった。そんな姿に通行人から失笑が漏れる。

「おい！　いい加減に下ろせ！　歩く！　自分で歩くから！」

タバサはやっとのことで、オリヴァンを地面に下ろしてやった。石畳の上に思いっきり肥えた尻《しり》を打ちつけ、オリヴァンは痛みで顔をしかめた。その姿に通行人たちはさらに笑った。

「何がおかしい！　ぼくはド・ロナル家のものだぞ！　ぼくを笑うということは、ド・ロナル家を笑うということだぞ！」

顔を真っ赤にして、オリヴァンは怒鳴る。通行人たちは慌てて口を押さえた。後ろから、着替えを持ったアネットが駆けてきて、オリヴァンに服を着せ始める。アネットに服を着せてもらっている間、当然とばかりにオリヴァンは胸をそらせていた。

服を着終えると、タバサに向かって顎《あご》をしゃくった。

「おい貴様。まず名乗れ」

「ガリア花壇騎士。タバサ」

「花壇騎士ィ？　貴様が？　ふざけるな！　ぼくより小さいじゃないか！　いくつだ？　お前」

「十五歳」

淡々とタバサは言った。もうそれきり興味を失ったのか、オリヴァンは来た道を屋敷へと引き返し始めた。

「どこに行くの」

オリヴァンは振り返らずに、言い放った。

「屋敷に帰るんだ。〝歩く〟とは言ったが、学院に行くとは言っていない。いいか？　今度呪文《じゅもん》を使ったら、父上に頼んでお前を打ち首にしてやるからな！」

タバサは杖《つえ》を振らず、口笛を吹いた。待ってましたと言わんばかりに、おおはしゃぎのシルフィードが上空から降りてきて、オリヴァンの首根っこをくわえる。

「うわ！　こら！　下ろせ！　下ろせったら！」

壮麗《そうれい》な門をくぐり、リュティス魔法学院の前庭についたところで、シルフィードはくわえたオリヴァンを放《ほう》り投げた。

「ぐえッ！」

とうめき声をあげて、オリヴァンは地面に転がる。

ちょうど授業の最中であった。お揃《そろ》いのマントに身を包んだ生徒たちが、魔法を使った組み手を行っている最中であった。ガリアでは、貴族は騎士たるべし、との意識が強い。武芸は授業の中で、一番に奨励されている。

タバサはオリヴァンに頷《うなず》いてみせた。

「じゃ。これで」

何か生意気に言い返すのかと思ったが……、オリヴァンはさっきとは打って変わり、借りてきた猫のように怯《おび》えた様子である。

「わ……、うわ……、くぅ……」

派手に登場した太っちょのオリヴァンを見つけ、組み手を行っていた貴族生徒たちが次々に集まってくる。

「おや！　誰《だれ》かと思ったら〝泣き虫〟オリヴァンじゃないか！」

「おい太っちょ！　生意気に風竜なんか従えやがって！」

「いやいや！　あいつはただ、くわえられていただけだぜ？」

オリヴァン並みに豪勢な身なりの貴族生徒たちが笑う。おそらく、王宮で権勢を誇る良家中の良家の子息たちなのであろう。

タバサのそばで震えているアネットが、困ったような声でつぶやく。

「あらら……、ヴァッソンピエール家のご子息に、フォンサルダーニャ侯爵家のご長男……、いずれ劣らぬ若殿さまばかりじゃございませんか……」

大貴族の子弟たちは、怯えてうずくまるオリヴァンを散々にからかいはじめた。

「おいおい！　最近お前、学院に来ないじゃないか！　ぼくたち、随分と心配していたんだぜ！」

「そうだよ！　遊び相手がいないから、困ってたんだ！」

生徒たちは、オリヴァンを立たせた。

「今日の授業は、組み手だぜ？　お前がサボっていた分、ぼくたちが稽古《けいこ》をつけてやるよ」

「いい考えだな！　アルベール！」

少年たちの先頭に立って『稽古をつけてやる』と言った長身でガタイのいい少年はアルベールというらしい。彼がリーダー格であるようだった。アルベールは立たせたオリヴァンに対峙《たいじ》した。しかし、オリヴァンはガタガタと震えるばかり。

「おいおい、そんなに震えてたら、呪文《じゅもん》を唱えることなんかできないだろう？」

アルベールは杖《つえ》を振る。つむじ風が舞い上がり、オリヴァンを吹き飛ばした。ついでに、ズボンのベルトが切れ、足元までずり落ちた。

「あっはっは！　いい格好だな！　おい！」

少年たちはオリヴァンを取り囲み、次々に魔法を唱えていじめたおした。しかし……、一応は組み手の要領を取っているし、オリヴァンは抗議しないので、教師たちも見て見ぬ振り。とにかく教師たちは、面倒ごとを抱え込むのがイヤなのであろう。

散々いたぶって気が済んだのか、そのうちに少年たちは立ち去っていく。オリヴァンは恥ずかしそうに俯《うつむ》いている。

なるほど、どうやらいじめられるから、学院に来るのを嫌がったらしい。

とにかく〝学院に連れていく〟という任務は果たしたので、タバサは立ち去ろうとした。

すると、アネットに止められた。

「お待ちください！　なにとぞ、オリヴァンさまをお救いくださいー！」

タバサはじっとアネットの顔を見つめた。

「旦那《だんな》さまも奥さまも、体裁が悪い、と言うばかり。あのままでは家にも学院にもオリヴァンさまの居場所はございません。それがもう、わたくしめには不憫《ふびん》で不憫で……」

しばらくタバサは悲しそうな召使のアネットを見つめていたが……、小さく頷《うなず》いた。

タバサといっしょに屋敷の自分の部屋に帰ってくると、オリヴァンは饒舌《じようぜつ》になった。

「まったく、冗談じゃないよ！　あいつら、自分の権威をかさにきやがって！　卑怯《ひきよう》だよ！」

オリヴァンだって、大貴族の子弟ということで随分威張っているのだが、そんなことは棚にあげて言い放つ。

「おいタバサとやら。これでわかったろう？　ぼくが学院に行かないわけが」

「いじめられるから」

「違う！　ほんとだったらあんなやつら、ぼくが本気を出せば一発なんだ。でも、あいつらの家はド・ロナル家より、格が上だからな。手出しをするわけにはいかないんだ」

先ほどの貴族たちと、オリヴァンの家の格は同じようなものである。どうやら、自分にそう言い聞かせることで言い訳をしているらしかった。

「そんなわけだから、ぼくは学院には行かないよ。そのうち、暴れちゃうかもしれないからな！」

オリヴァンは、本を読み始めた。

タイトルを見ると、伝説の勇者が活躍する筋書きのようだ。

見ると……、書架にはぎっしりと、そういった英雄伝の類《たぐい》が詰まっている。そういう話が好きなんだろう。いじめられっ子と英雄伝、随分と皮肉な組み合わせであった。

オリヴァンが杖《つえ》を振ると、天井からぶら下がった紐《ひも》を引っ張った。

見ていると、オリヴァンは天井からぶら下がった紐を引っ張った。

五分ほど経《た》った頃《ころ》……、部屋の扉がノックされる。

オリヴァンが杖を振ると、扉が開いて召使のアネットが飛び込んできた。料理がのった盆を持っている。

「遅い！」

怒鳴られたアネットは慌てて、ベッドに取りつけられた小机、寝そべった姿勢のまま食事が取れるように取りつけられた……、に料理を並べ始めた。随分と豪華な料理であった。

オリヴァンはむすっとした顔のまま、黙っている。次にアネットは、スープをスプーンですくうと、それをオリヴァンの口に運んだ。

どうやら、いつもこうやってアネットに食べさせてもらっているらしい。ものぐさな貴族は多いが、ここまでひどいのはそうはいない。

オリヴァンはスープを口に含むと、ぶほっと吐き出した。

「まずい！　しかもにんじんが入ってるじゃないか！」

「も、申し訳ありません！　しかし、にんじんは身体《からだ》にいいので……」

「身体にいいとか悪いとか、そういう問題じゃない！　ぼくがまずいと言ってるんだ！」

わがままを言って、アネットを困らせるオリヴァンであった。

散々作り直しを命じたオリヴァンは、食事が済むと眠くなったらしく、いびきをかいて寝始めた。

ぼけっと部屋の隅に立つタバサに、アネットは一礼した。

「騎士さま、お部屋を用意しましたので……、そちらでお休みください」

廊下を案内しながら、心底すまなさそうな声でアネットは言った。

「申し訳ありません。面倒なことを頼んでしまいまして……。ああ、ひがな一日、ああして部屋の中で本を読んでいては健康にもよくありませんわ……。旦那《だんな》さまも、奥さまも、オリヴァンさまの教育にはまるで無関心。あるのはただお家の外聞のみ……」

アネットはため息交じりにつぶやいた。

「オリヴァンさまはご存知のとおりああいう性格ですから、使用人や召使たちもあまり近寄りません。オリヴァンさまはまったくの独りぼっちなのですわ。わたくしはその、学院に行く行かないは些細《ささい》な問題と思っております。わたくしが心配しているのは、これからの人生なんです。何か問題が生じたとき、ご自分でそれを克服できなければ……、将来ご苦労なされることでしょう。こんなことをお頼みするのは大変心苦しいのですが……、騎士さまのお力で、なにとぞオリヴァンさまを変えていただけないでしょうか」

タバサはぬぼーっとした顔で頷《うなず》いた。相変わらず、本気なのかどうなのか、まったくわからない態度である。


翌日……。

タバサはオリヴァンの部屋に向かい、彼を叩《たた》き起こした。枕元《まくらもと》に立ったタバサを見て、オリヴァンは叫んだ。

「だから行かないって言ってるだろ！　いい加減にしろよ！」

「あなたを学院に行かせるのが、わたしの仕事」

淡々とタバサはオリヴァンに告げる。

「いいかい？　昨日言ったろ？　ぼくが本気を出したら大変だって。そんなことをしたら、このド・ロナル家は……」

「どうにもならない」

タバサは短く言った。

「たかが子供同士の喧嘩《けんか》で、家が傾くわけがない」

「そんなのわからないだろ！　とにかくぼくが……」

「暴れればいい」

「んな！　なんだと！」

タバサは抑揚のない調子で、言葉を続けた。

「あなたがされるがままになってるのは、勇気がないだけ」

騎士とはいえ、女の子にそう言われてオリヴァンは顔を赤らめた。

「無礼者！」

恥ずかしさに耐えきれず、オリヴァンは怒鳴った。

「ぼくは紳士なんだ。暴れたりできるわけがないじゃないか」

それでもタバサがじっと見つめていると……、困ったように頭をかいた。

「お前、魔法は得意か？　系統はいくつ足せるんだ？」

「三つ」

「トライアングルか……。よし、いいことを思いついたぞ。お前、協力しろ」

オリヴァンはベッドから出ると、机に近づき……、中から鍵《かぎ》を取り出した。


オリヴァンがリュティス魔法学院につくと、昨日のようにいじめっ子たちが寄ってきた。

「おいオリヴァン！　昨日はすぐ帰ったけど、どうしたんだ？」

リーダー格のアルベールが楽しげな声で言った。

オリヴァンは気まずそうに、笑みを浮かべた。そんな卑屈な笑みが、さらにいじめっ子たちの嗜虐心《しぎゃくしん》を刺激する。

「今日は、お前に頼みがあるんだよ」

「頼み？」

「ああ。レーウェン街の東の端に、新しい居酒屋ができたんだ。そこの料理が評判でね。放課後、是非とも味を試しにいこうって相談してたんだ」

「もちろんお前もいっしょだぜ。オリヴァン」

肩を抱かれて、オリヴァンは身をすくませる。

「ぼ、ぼくは遠慮しておくよ……」

アルベールはわざとらしい仕草で、オリヴァンの肩を叩《たた》いた。

「おいおい！　なにを言ってるんだ！　財布がなかったら、食べにいけないじゃないか」

「この前も、ぼく、出したじゃないか……」

「借りてるだけだろ。なぁ？」

そんな風に絡まれ、オリヴァンは震えた。

しかし……、この日はちょっと違っていた。

「ちゅ、忠告する」

「なんだって？」

「きみたち、ぼくに関《かか》わらないほうがいいぞ」

「何を言ってるんだ？　こいつ」

「ぼくが本気を出したら、お前たちなんか一発だぞ」

「おいおい！　〝ドット〟で、その上臆病《おくびょう》なお前が、〝ライン〟の俺《おれ》たちをどうするって？」

少年たちは笑い始めた。

「誰《だれ》が〝ドット〟だって？」

呪文《じゅもん》をつぶやき、オリヴァンは杖《つえ》を振った。

「ん？」

すると、アルベールがぶわっと浮き上がった。

「お、おい！　こいつ！　何をするんだ！」

そのままアルベールは、中庭の花壇に頭から突っ込む。

「貴様！」

激昂《げっこう》した少年たちは、オリヴァンに向けて杖を構えた。しかし、彼らが呪文を唱えるより早く、巨大な渦巻きが彼らをなぎ払う。

吹っ飛んだ少年たちは、あいたた、とうめいて立ち上がる。いつの間にか集まっていた生徒たちから失笑が漏れる。

いじめっ子の少年たちは、驚いた声で言った。

「……今の〝エア・ストーム〟じゃないか！」

「……トライアングル・スペルだ」

オリヴァンは勝ち誇って、つぶやいた。

「どうだい？　これでぼくの実力がわかっただろ？　ぼくはね、実力をかくしていたんだ。

知ってるかい？　達人ってのは、己の腕前を誇ったりしないんだ！　なぜなら、自分が一番その実力を知っているからね」

悔しそうな顔で、いじめっ子たちは去っていった。

オリヴァンは意地の悪そうな笑い声をあげた。

「あははは！　ざまあみろ！」


オリヴァンは辺りをきょろきょろと見回しながら、校舎の陰までやってきた。ここはレンガ造りの焼却炉と、校舎と植え込みに挟まれ、外から死角になっている場所であった。

さらに慎重に周りを確かめると、オリヴァンは口を開いた。

「もういいぞ」

すると……、オリヴァンの目の前の空間が揺らいだ。

風景の一画が切り取られるようにして、ずれ、中からタバサの顔が出てきた。なんと、首だけが浮いているように見える。

よく見ると、タバサの胴体は周りの風景を映し出すマントの下に隠れているのであった。

「家宝の〝不可視のマント〟の威力はどうだい？　昔、ご先祖が妖精《ようせい》に捕らえられたお姫さまを救い出すために、神からいただいたという伝説のマントさ。便利だろ？」

被《かぶ》ると、誰《だれ》にも姿が見えなくなってしまう魔法のマントであった。先ほどはそのマントを羽織ってオリヴァンの背後に隠れ、こっそり呪文《じゅもん》を唱えたのであった。このために、昨晩はオリヴァンの動きに合わせて呪文を唱える練習を散々やらされたのである。

タバサは頷《うなず》くと、マントをオリヴァンに手渡した。

「ん？　なんだよ」

「返す」

「どうして？」

「もう、これでわたしに用はないはず」

オリヴァンは首を振った。

「まだまだだよ。ぼくをバカにした連中を見返してやるんだ！」

「…………」

「いいか？　さっき、お前が唱えた魔法、ほんとはぼくだって〝唱えられる〟んだ！　ただ、なんていうのかな、まだ実力に目覚めてない！　そういうわけなんだな！」

オリヴァンは口角泡を飛ばして語り始めた。

「それがやっとわかったんだ！　いいか？　見てろ！」

オリヴァンは鞄《かばん》から一冊の本を取り出した。

「〝イーヴァルディの勇者〟だよ！　ぼくもこんな風に、いつか自分の力に目覚める！　今はまさに雌伏《しふく》のときなのさ！」

オリヴァンは杖《つえ》を振るう仕草を開始した。きっと彼の脳内では、強力な呪文が炸裂《さくれつ》しているのであろう。

タバサはぽつりとつぶやいた。

「あなたみたいな子、一人知ってる」

「なんだと？」

「その子も、自分の実力のないことをすごく気にしてる。でも、あなたみたいに他人の力を自分のものと偽ったりしない」

「偽ったりなんかしてない！　いつか目覚める！　先取りしてるだけだよ！　なにせ、ぼくはド・ロナル家の跡継ぎなんだ！」

タバサはオリヴァンの怒鳴り声を無視して言葉を続けた。

「どうしてかわかる？」

オリヴァンは跳ね起きると、タバサの肩をつかんだ。自分の身体《からだ》の四分の一ぐらいしかない少女を、オリヴァンは睨《にら》みつけた。

「プライドがあるからよ」

「ぼくにだってある！」

「ほんとはあなただってわかっているはず。こんなことしても、どうにもならないって」

オリヴァンはギリギリと唇を噛《か》んだ。

「自分に嘘《うそ》ついて楽しい？」

「黙れ。父上に頼んで、お前の首を飛ばすぞ。花壇騎士だからって威張るなよ？　所詮《しょせん》、ただの騎士風情だ。伯爵の父上が一言告げれば、お前の首なんか簡単に飛ぶんだからな」

じっとオリヴァンはタバサを見つめていたが……、そのうちに崩れ落ちた。

「悔しいんだよ。わかってくれよ」

「…………」

「わかってるよ！　そんくらい。……ったく、太ってるからっていじめやがって。あいつら、最低だよ。どうしようもない屑《くず》だよ」

「あなたがいじめられるのは、太っているからじゃない。オドオドしてて、自信がなさそうに見えるから」

「知ってるよ！　でも、どうにもならないんだよ！　ぼくはずっとこうなんだよ！」

しばらくオリヴァンは黙っていたが……、哀願するような口調でつぶやいた。

「手伝ってくれよ。ぼくには誰《だれ》も……、助けてくれる人がいないんだ。いいだろ？　一回ぐらい、いい思いしたって……」

「あなたを認めてくれる人だっているはず」

「いないよ！　いるわけないだろ！　そんなの、自分が一番よくわかってるよ！」

タバサはじっと黙っていたが……、同意した、とでもいうようにマントを小脇《こわき》に抱えて立ち去った。

翌日からオリヴァンは、水を得た魚のごとく、〝活躍〟を開始した。

久しぶりの出席だったので、オリヴァンは教室に向かうなり、教師に驚かれた。

「おや！　オリヴァン君じゃないかね！　久しぶり！　なんだ、持病のナントカ病は治ったのかね？」

　教室中から爆笑がわいた。

　どうやらオリヴァンは、適当な病名をでっち上げて休んでいたらしい。悔しそうに顔をゆがめたが、すぐさま今に見てろ、という笑みを浮かべる。

　どうやら今から授業が始まるらしい。内容やカリキュラムの按配《あんばい》はトリステイン魔法学院と変わらぬようだ。

　妙な帽子を被《かぶ》った中年の教師は、教卓にのせられたビーカーを指差した。

「では誰《だれ》か、今からこの中の水を使って、〝氷の矢《ウインディ・アイシクル》〟の呪文《じゅもん》を唱えてみてください。この〝氷の矢〟は、空気中の水蒸気を氷に結晶させ、矢にする呪文ですが……、かなり高度なスペルでありますので、まずはビーカーに入った水でやってみます」

　失敗して恥をかくのがイヤなのか、誰も手を上げない。

　そこですかさず、すっと手を上げたのはオリヴァンだった。

「おいおい、オリヴァン君、きみがやるのかね？」

　昨日、タバサの魔法で痛めつけられた生徒たち以外が鼻で笑った。

「まあ、見ててください」

　オリヴァンは、立ち上がると、呪文を唱え杖《つえ》を振った。

　その動きに合わせ、〝不可視のマント〟を被って机の下に潜り込んだタバサが小さく呪文を唱える。

ビーカーの中の水が、ぶおっ！　と噴出し、キラキラ光る見事な氷の矢が現れた。それのみならず、空気中の水蒸気も合わせて氷結させ、無数の氷の矢ができあがる。

教室中から、感嘆の声が漏れた。

ついでそれは、黒板の前で目と口を見開いている教師の周りに、カンカンカン！　と音を立てて突き刺さった。

「ひえ……」

へなへなと崩れ落ち、教師は床に尻《しり》をついた。


休み時間になると、オリヴァンの周りに生徒たちが集まった。

「オリヴァン、すごいじゃないか！」

「きみは、実はすごい使い手だったんだな！」

「まあね」

オリヴァンはもう、鼻高々である。

「上級生のクラスにだって、トライアングルはそうそういないのに！」

「いいかい？　トライアングル・スペルってのは、軽々しく唱えるもんじゃないんだ。ただ最近はあまりにも、軽く見られすぎていたからね……。ちょっと実力を披露したまでさ」

得意げに鼻をうごめかせて、オリヴァンは言い放った。

放課後……。

意気揚々と、オリヴァンは家に帰ってきた。

やっとのことで、マントを脱げたタバサに向かいオリヴァンは顎《あご》をしゃくった。

「明日は、〝ライトニング・クラウド〟を披露するぞ。練習しておけよ」

それから、オリヴァンは本を読み始める。小腹が空《す》いたのか、呼び鈴を鳴らしてアネットを呼んだ。

散々飲んで食べて気持ちがよくなったのか……、オリヴァンは寝息を立て始めた。

アネットは、深々とタバサに礼をする。

「騎士さまにおかれましては、失礼な言動を……」

そのときである。

窓の外に、巨大な風竜の顔が張りついたのである。風竜は器用に窓を押し開けると首を突っ込み、怒りに燃えた目でタバサを睨《にら》みつけた。

アネットは恐怖に怯《おび》えて、あとじさる。

「ひ……」

風竜は、低い小さな声でタバサにつぶやいた。

「お姉さま。何してるのね」

「りゅ、竜がしゃべった……」

へなへなとアネットは床に崩れ落ちる。その物音で、オリヴァンが目を覚ました。ぼんやりと目をこする。

「ひ」

でっかいシルフィードの頭に気づき、オリヴァンは気絶した。

タバサは困ったように頬《ほお》をかくと、倒れたアネットにつぶやく。

「ガーゴイル《魔法人形》」

シルフィードが人語を解する伝説の幻獣、風韻竜《ふういんりゅう》ということは秘密なので、しゃべっているところを万一誰《だれ》かに見られた場合、タバサはいつもこう言って誤魔化《ごまか》すのであった。

このガリアで、ガーゴイルはポピュラーな存在なので、アネットはそれを信じた。

「そ、そうですか……。驚いた」

これでとりあえずしゃべってもよくなったので、シルフィードはタバサを睨みつけた。

「お姉さま。どういうこと？」

「なにが」

「なにがって、自分の胸に聞いてみるのね！　あのわがままで小生意気な小太り坊やの言うことなんか、どうしてきくのね！　ほっとけばいいのね！　いじめられるのは自業自得なのね！」

シルフィードはきゅいきゅいきゅいきゅいと怒りでわめきながら、タバサの上半身をがぶがぶと甘噛《あまが》みした。タバサはまったくのされるがまま。

ぶほっとタバサを吐き出し、シルフィードは怒りの言葉を吐き出し続けた。

「わたし、我慢がならないのね！」

しかし、タバサは黙ったまま。

ますます激昂《げっこう》するシルフィードをとりなすように、アネットが言った。

「すいません……、ガーゴイルさん。あなたのご主人さまに、失礼なことをお頼みしてしまって……。でも、ぼっちゃまは決して心の曲がった方ではないのです」

「え〰〰、どこが？　根性がひね曲がっているように見えるけど！　きゅい」

「あれは、わたしが……、ここでご奉公を始めた頃《ころ》でしたから、三年ほど前のことでしょうか」

アネットは目をつむると、語り始めた。

「身寄りをなくしたわたくしは、親戚《しんせき》の紹介で、このお屋敷にやってきたのです。田舎から出てきたばかりの、右も左もわからない小娘でございます。失敗ばかりしておりまして、メイド長や先輩にいつも怒られていたのです。アイロンをかければ服を焦がすし、食器を運べば廊下でころぶ。〝のろまのアネット〟と呼ばれて、それはもう、叱《しか》られない日はなかったぐらいです」

「…………」

「もう毎日がつらく、せつない日々でした。そんなわたくしと仲良くしてくれる子もおらず……、とにかくもうこのお屋敷を出ることばかり考えておりました。といっても、行くあてなどないのですが……。そんなある日のことです」

アネットは微笑を浮かべた。

「わたくしは居間を掃除しているとき、棚に飾ってあった壺《つぼ》を割ってしまったのです……。もう、呆然《ぼうぜん》としてしまいました。わたくしの給金では何年かかっても償えないほど高価なものだと伺っておりましたから……。いったいどんなお叱りを受けることだろうと、わたくしはもう、震えました。こうなったらシレ川に身投げして、死んでお詫《わ》びをするしかない、とまで思いつめたのです。しかしそのとき、ちょうどいらしたぼっちゃまが、〝ぼくがやったことにしておくから、気にするな〟とおっしゃってくださったのです」

アネットは、ベッドで気絶しているオリヴァンを見つめた。

「どれほどわたくしが嬉《うれ》しかったことか！　ああ、どれほどわたくしが救われたことか！　わたくし、そのとき思ったんです。誰《だれ》もぼっちゃまの味方にならなくても……、わたくしだけはぼっちゃまをお庇《かば》いすると。わたくしだけは、ぼっちゃまのお味方になってさしあげようと……。それからわたくしは、一生懸命に奉公いたしました。そのうちに仕事にも慣れ、失敗することもなくなりました。今の自分があるのは、すべてぼっちゃまのおかげなのです……。今度は、わたくしがぼっちゃまを助ける番なのです……」

そんな風に言われると、何も言うことができなくなってしまい……、シルフィードは黙ってしまった。

タバサは相変わらずの無表情。

何か考えがあってのことなんだろうか？

しかし、まったく何を考えているのかわからない。

「もう！　でも、だからって甘やかしていいことにはならないのね！」

そう叫んで、シルフィードは夜のリュティスの空へと飛び出していった。


翌日……。

気絶したまま眠ってしまったオリヴァンは、目覚めると、

「ひどい夢を見た……」と、つぶやいた。

「いきなり竜が出てきやがった。しかも何かしゃべりやがった」

「わたしのガーゴイル《魔法人形》」

オリヴァンが起きるのを待っていたらしいタバサが、枕元《まくらもと》でつぶやく。

「はぁ？　お前のガーゴイルゥ？　そんなの持ってるなら、ちゃんとぼくに説明しとけ！」

オリヴァンは紐《ひも》を引っ張って呼び鈴を鳴らし、アネットを呼んだ。いつものように、アネットを散々怒鳴りつけながら朝ごはんを食べたあと、わがままな貴族の少年は、タバサを連れて学院へと向かった。

門のところで、オリヴァンを待ち伏せする生徒たちがいた。こないだ、タバサが風の魔法で吹っ飛ばした連中である。

ちょっと震えながら、オリヴァンの前にリーダー格の少年、アルベールが立ちふさがった。

「な、なんだよ」

オリヴァンが緊張してつぶやくと、アルベールが叫んだ。

「きみに決闘を申し込む！」

「け、決闘だって！」

オリヴァンは素《す》っ頓狂《とんきょう》な声をあげた。

「そうだ。こないだは不意打ちだったからな。しかし、ぼくらとて貴族のはしくれ。大勢の前で恥をかかされて、黙っているわけにはいかないんだよ」

「おいおい、いいのか？　ぼくはトライアングル……」

「そ、それがどうした！」

オリヴァンのハッタリにもびびらない。どうやら彼らはやる気まんまんのようである。

「いいか？　今日の放課後、サン・フォーリアン寺院だ。忘れるなよ」

アルベールはそう言い放つと、後ろの少年たちを促し、去っていった。

残されたオリヴァンは、しばらく震えていたが……、そのうちにやおら顔を上げ、背後でマントを被《かぶ》っているタバサに言った。

「聞いたか？　花壇騎士。決闘だってさ。いいな？　今度は二度とぼくに逆らう気が起こらないよう、ぎったぎたにしてやるんだ。わかったな？」

放課後……、オリヴァンは決闘の支度を整えるために屋敷に戻った。

父親の部屋に忍び込み、がさごそと箪笥《たんす》の中を探る。

「へへ、あったぞ……」

それは果たして、ド・ロナル家に代々伝わる戦衣装であった。裏地にド・ロナル家を象徴するマンティコアの紋が、金糸で織り込まれたマントである。

鮮やかな赤に光るマントを纏《まと》い、すっかりオリヴァンは古代の勇者気取りになった。

「全軍、一歩前へ！　ってね。へっへっへ」

指揮杖のつもりで、己の杖《つえ》を振り下ろす。

満足しきった顔で自室にとって返すと、タバサの他《ほか》に長い青髪の女性がいた。

「誰《だれ》だお前は？」

人間の姿に化けたシルフィードであったが、オリヴァンはそんなことはわからない。

タバサがいつもの嘘《うそ》で誤魔化《ごまか》す。

「ガーゴイル」

「ガーゴイル？　お前はいったい、何個持ってるんだよ」

シルフィードはオリヴァンに、たまっていた不満をぶつけ始めた。先ほど、上空から鋭い耳でオリヴァンたちの決闘のいきさつを聞いていたらしい。

「決闘なら自分でやるのね！」

「はぁ？　ガーゴイルのくせに生意気なやつだな！」

「生意気関係ないのね！　あなた、どういうつもり？　それでも貴族？　自分が挑まれてるのに、お姉さまを戦わせるなんて！　卑怯《ひきょう》ここに極まれり！　なのね！」

「お前に関係ないだろ！　第一、お前の主人はぼくに協力するって言ってるんだ。ぼくを助けるって言ってるんだ。お前が口出しするな！」

シルフィードは呆《あき》れた顔になって、

「あのねえ、お姉さまがあなたを助けてたのは、別にあなたのためじゃないのね」

「じゃあ誰のためなんだよ！」

「あなたを信じている人のためよ」

「はぁ？　どういう意味だ？」

シルフィードは説明した。

「アネットさんよ！」

「アネット？　ああ、あの召使か。あいつがぼくを信じてる？　どういう意味だ」

「あなた、いつかアネットさんを助けたでしょう？　それを恩に感じて、あんなにひどい扱いされても、あなたに献身的に尽くしてくれてるんじゃないの。いつか目覚めてくれるはずだって思って、他の召使が近寄らないあなたなんかの、世話を焼いてるんじゃないの！」

「助けた？　いつ、ぼくがアネットを助けたんだ」

「壺《つぼ》を割ってしまったとき、あなたが代わりに『ぼくがやりました』って名乗りでたって……」

するとオリヴァンは、大声で笑い出した。

「あっはっは！」

「何がおかしいのね！」

「なんだよあいつ！　勘違いしやがって！　あんときはさ、別にかばったわけじゃないんだよ。毎年家族旅行で、ラグドリアン湖に行くことになっててさ、どうにも行きたくなかったんだ。でも〝行きたくない〟なんて言ったって、無理やり連れて行かれるに決まってる。だから、〝ぼくがやった〟って言って、怒られようとしたんだ。そうすれば、〝罰〟として、ぼくを家に置いていくんじゃないかってね！」

「なんですって！」

「案の定、ぼくは家で謹慎と相成った！　作戦は大成功さ！　それを感謝してるって？　傑作だな！　あいつだって、ぼくに尽くすのは、金のためさ！　せいぜい愛想を売って、給金でもあげてもらうつもりなんだろ！　信じる？　認める？　そんなことあるもんか！」

シルフィードは顔を真っ赤にして激昂《げっこう》した。

「きゅいきゅい！　お前みたいなのは、このシルフィが〝魂の泉〟に返してあげるのね！」

オリヴァンに噛《か》みつこうとしたシルフィードを、タバサは杖《つえ》を振り、〝操り〟の呪文《じゅもん》で止めた。

「お姉さま！　止めないで！　こいつを噛んでわたしも死ぬのね！　きゅいきゅい！」

「な、なんだよ！　このガーゴイル風情が！　おいお前、きちんと教育しとけよ！」

シルフィードは散々きゅいきゅいと騒いだが、タバサは魔法の戒めをとかない。シルフィードは悲しくて、悔しくて、がっくりとうな垂れた。

オリヴァンはそんな様子を満足げに見つめると、タバサを促した。

「そんなガーゴイルはシレ川にでも捨ててしまえ。よし、ほら行くぞ」

「お姉さま！　行っちゃだめ！　現実の厳しさを教えてあげなくちゃ！」

タバサはオリヴァンにいつもの声で告げた。

「あとで行くから、先に行ってて」

なんだと？　とオリヴァンはタバサを見つめたが……、機嫌を損ねてはまずいと判断したのだろう。

「わかった。ちゃんと来いよな！　来なかったら、父上に言いつけるからな！」

オリヴァンが飛び出していったあと、シルフィードはタバサに向き直った。

「長い間お世話になりました。実家に帰らせていただきます。どうか使い魔を首にしてなのね」

「…………」

「お姉さまにはほとほと愛想が尽きたのね。無愛想だけなら我慢もします。でも、あんなやつに味方するなんて……、そんなお姉さまは大嫌いなのね！」

タバサは首を振った。

「手伝わない」

「ふぇ?」

シルフィードはタバサのたくらみに気づき、にや〰〰っと笑みを浮かべた。

「なるほど! つまり騙《だま》してこのままとんずらってわけね! さすがはお姉さまなのね!

きゅい!」

「とんずらもしない」

「……はい? どういうこと?」

すっかりわけがわからず、シルフィードは首をかしげた。

部屋を出たオリヴァンは、アネットが前から近づいてくるのに気づいた。

一瞬、身体《からだ》を硬くする。

先ほどのシルフィードの言葉が蘇《よみがえ》る。

『いつか目覚めてくれるはずだって思って……』

オリヴァンはきゅっと唇を噛《か》んだ。

なんだよ、あいつだって、所詮《しょせん》父上や母上といっしょだ。ぼくのことなんか、とっくの
昔に見捨ててる。信じている? バカ言うな! 世話を焼くのだって……。

オリヴァンの物々しい格好に気づいたのか、アネットは目を丸くした。

「ぼっちゃま、その物々しい格好……」

「うるさい!」

オリヴァンはアネットを怒鳴りつけ、駆け去った。

首を捻《ひね》りながら、アネットは今オリヴァンが出ていったばかりの彼の部屋の扉を開く。

そこには、タバサと見慣れない青い髪の女性が立っている。

「あら。騎士さま……、あと、そちらの方は？」

「ガーゴイルなのね」

とシルフィードが自分で説明した。

「それはそれは。たくさんガーゴイルをお持ちでございますこと。ところで、先ほどぼっちゃまが物々しい出《い》で立《た》ちで駆けていかれましたが……、何事ですか？」

「決闘なのね」

「ひ！　決闘！」

アネットは取り乱して、タバサに詰め寄った。

「どうして止めてくださらなかったんですか！」

「変わらない」

「変わるも何も！　決闘といえば命のやり取りじゃございませんか！　とりあえずお助けください！」

タバサは首を振った。

「助けるのは、あなた」

サン・フォーリアン寺院は閉鎖された寺院であった。通りからちょっと入った場所に位置しているので、普通の人は立ち入らない場所となっていた。

しかし、捨てる神あれば拾う神ありで、朽ち果てた建物の周りは茂みが生い茂り、人目につかないことを望む者にとっては格好の舞台であった。

恋人たちや、よからぬ企《たくら》みを抱いたものたち……、主に決闘をするものが集まることで知られた場所であった。

夕方近くのこの時間は、恋人たちが集まるにはまだ早い。

オリヴァンが到着した頃《ころ》には、もうすでに相手は集まっているところであった。

「遅いぞ。オリヴァン」

アルベールがオリヴァンを睨《にら》みつけた。しかし、オリヴァンは余裕しゃくしゃく、その視線を受け流す。

「失礼。準備に手間取ってね。それにこういうとき、先に来ているのは負ける連中と相場は決まっているのさ」

と、言い放った。

「さて、誰《だれ》から相手をしてくれるんだい？」

オリヴァンは集まった少年たちを眺め回した。

「アルベール、きみか？」

アルベールはにやっと笑うと首を振った。

「ぼくじゃない」

「卑怯《ひきょう》ものめ！　怖《お》じ気《け》づいたのか？　じゃあどいつだ？　誰でもいいよ」

アルベールは右手を上げた。

するど、崩れ落ちた寺院の陰から、三十がらみの長身のメイジが現れた。貴族にしては、世俗の垢《あか》に塗《まみ》れた雰囲気を纏《まと》いすぎた男である。長い髪は無造作に後ろで縛られ、マントも身に着けていない。革の上着に擦り切れたズボン、薄汚れたブーツを履いていた。

「ぼっちゃん、相手はこいつで？」

男は笑いながら杖《つえ》を引き抜いた。

「ああそうだセレスタン。徹底的に痛めつけてやってくれ。遠慮はいらないぞ。なにせ、〝トライアングル〟だからな」

セレスタンと呼ばれた男は、にやっと笑った。

「それなら遠慮なくやらせてもらいまさ。この流れ者に、あれだけ料金をはずんでくれたんだ。サービスしなきゃ、バチが当たるってね」

その凶悪な迫力と雰囲気に、オリヴァンは一瞬で呑《の》まれた。話しぶりから、どうやら男は傭兵《ようへい》であるようだ。この世界、メイジのほとんどは貴族だが、中にはそうでないものもいる。貴族から身をやつして犯罪者や傭兵になったものも、存在するのだ。決して表舞台に名前が出ることはないが、その数は少なくない。

目の前のセレスタンという男も、そのうちの一人であるようだった。

「……な。どういうつもりだ？　代理人を立てるなんて聞いてないぞ」

「その言葉、そっくりお前にお返しするよ」

アルベールは笑いながらオリヴァンに手紙を放《ほう》った。そこに書かれた文字を読み、オリヴァンは絶句した。

そこにはこう書かれている。

『オリヴァンはトライアングルではない。魔道具《マジック・アイテム》で透明になった花壇騎士が後ろにいただけ』

「親切な誰《だれ》かが教えてくれたんだ。まあ、むべなるかなって感じだよな。あんなに魔法の才能がなかったお前が、一日二日で〝トライアングル〟になれるわけがないもんな」

オリヴァンは焦った顔で、後ろを振り向いた。

「おい！　タバサとやら！　どこに行った！　おい！」

しかし……、返事はない。

オリヴァンの顔が、みるみる青ざめていく。アルベールはそんなオリヴァンに言い放つ。

「おやおや！　どうやら雇った相手に逃げられたようだな！　でも正式に受けた決闘だぜ。尋常に勝負してもらおう」

心底楽しそうな顔で、セレスタンは杖《つえ》を構えた。

「おい坊主。決闘の作法を教えてくれよ。貴族同士の命のやり取りなんざ、なにぶん昔のことでね。やり方を忘れちまったよ」

作法どころではない。オリヴァンは怯《おび》えて逃げ出そうとした。しかし、それに気づいたアルベールの仲間たちが駆け寄り、退路をふさぐ。

「た、たすけ……」

顔がゆがみ、涙声が漏れる。

「なんだよ。作法も知らねえのか。しかたねえ、おれたちの流儀でやらせてもらう」

セレスタンが呪文《じゅもん》を唱え始めた、そのとき……。

「おやめください！　おやめください！」

赤い髪を振り乱し、一人のメイド姿の少女が駆け寄ってきた。

「なんだ？　お前は」

「ア、アネット……」

果たしてそれは、オリヴァンの家の召使のアネットであった。一部始終を物陰から覗《のぞ》いていたのか、セレスタンの前に躍り出ると膝《ひざ》をついて頭を下げた。

「ぼっちゃまに手を出さないでください！　このとおりでございます！　後生でございます！」

「どけ」

冷たくセレスタンが告げたが、アネットは怯《ひる》まない。必死になって頭を下げ続けた。

「お願いでございます！　わたくしはどうなってもかまいませんから！　お願いいたします！」

しかし、セレスタンは呪文《じゆもん》の詠唱を続けた。

アネットは思わず立ち上がり、セレスタンの腕に取りついた。

「邪魔だ！」

激昂《げっこう》したセレスタンは、アネットに向けて呪文を解放した。

ぶばッ！　と派手な音が響いて、アネットの腹でセレスタンの〝火球《ファイヤーボール》〟が炸裂《さくれつ》する。

アネットは地面に転がった。

「ちッ……」

セレスタンは舌打ちした。

「アネット！」

オリヴァンは思わず駆け寄った。腹の傷を見てうめく。セレスタンの火球の威力は、並ではなかった。服ごと、腹部は真っ黒に焼け焦げて、嗅《か》いだことのないいきな臭い匂《にお》いを発している。

「アネット！　アネット！　誰《だれ》か水の魔法を！　お願いだ！」

「無駄だよ。致命傷だ」

セレスタンが冷静な声で告げた。

人を死に追いやるのに、慣れた声であった。

「アネット！」

オリヴァンは声の限りに叫んだ。

すると……、アネットの目がゆっくりと開いた。

「ぼっちゃま……」

「なんでだよ！　なんでぼくなんかのために！　ほっときゃいいじゃないか！　父上や母上みたいにさ！」

「ぼっちゃまを、信じておりますから……。ほんとうは、優しいいい子だって……。いつか、わたくしをかばってくださったぼっちゃまですから……」

　オリヴァンは涙交じりの声で叫んだ。

「そ……、それは嘘《うそ》なんだ！　ほんとうは！　ほんとうは！」

　アネットは笑みを浮かべた。まるで天使のように、慈悲に溢《あふ》れた笑顔であった。

「知っておりましたよ。ぼっちゃまがわたくしをかばった理由……、このアネットは、ちゃんと知っておりました」

「……え？」

「それでも、わたくしはぼっちゃまを信じます。たとえ世の中のすべてが〝そうじゃない〟と言っても、わたくしは信じますよ」

「どうして！　どうしてだよ！」

「それが〝信じる〟ということなのですから……」

　そうつぶやくと、アネットは目を閉じた。

　体温が急速に奪われていくのを感じた。

オリヴァンは震えながら、アネットを抱えていた。

その場の全員が、しばし呆《ほう》けたようになっていたが……、緊張に耐えられなくなったのか、アルベールが乾いた笑いをあげた。

「は、はは……、な、なんだよ。へ、平民の女が一人死んだぐらいでなんだ！」

それにつられて、他《ほか》の連中も笑い始めた。

一人、セレスタンだけが笑っていない。冷酷な傭兵《ようへい》の顔で、いつ自分の力を行使すればいいのか、タイミングを窺《うかが》っている。

オリヴァンはゆっくりと立ち上がった。

わなわなとみっともなく震えた。

「なんだお前！　泣いてやがる！」

「〝泣き虫〟オリヴァン！　泣いてちゃ決闘はできないぞ!?」

「ゆ、ゆぶ……、ゆる……、いう……」

オリヴァンはしゃくりあげた。

みっともなく、ぼろぼろと泣きながら杖《つえ》を掲げた。

「お、まえたぢ……、ゆる、ゆるざないぞぉ――――ッ！」

鼻水を垂らしながらの絶叫に、貴族の少年たちは笑い転げた。

オリヴァンは怒りで真っ白になった頭で呪文《じゅもん》を唱える。

小さな、ほんとに小さな……、それでも回転力の強い、つむじ風が巻き起こり、今しがた笑ったアルベールの顔に激突した。

しかし、所詮《しょせん》はドットの作り出した威力のない〝つむじ風〟である。アルベールの頬《ほお》がわずかに切れて、血が垂れただけであった。

しかし、その血を見てアルベールの怒りは頂点に達したらしい。真顔に戻り、セレスタンに命令した。

「おい！　セレスタン！　こいつをやっちまえ！」

「了解」

命令された猟犬は、徹底的に獲物を痛めつけ始めた。

十分後……。

その場にいるものにとっては、永遠にも感じられるような十分であった。

「……ゆ、ゆるざねないからな」

何度魔法を打ち込まれても、そのたびにオリヴァンは立ち上がる。

薄笑いを浮かべて、敵の一同が見守る中……。

二十回目のセレスタンの攻撃魔法がとんだ。

〝エア・ハンマー〟

空気の塊を相手にぶつける呪文《じゅもん》である。

「ぐふッ！」

どさっ！　とオリヴァンは地面に崩れ落ちる。

しかしそのたびに……、オリヴァンは立ち上がるのだ。ただでさえ膨れていた顔は、何度も受けた攻撃魔法で二倍ほどにも膨れ上がっている。

オリヴァンの着ている衣装は、すでにほぼ原型をとどめていない。

それでもオリヴァンは立ち上がった。

しかしもう、ほとんど意識はないようだった。意地だけで立っているのだろう。

セレスタンがアルベールに冷たい声でつぶやく。

「これ以上やったら、死んじまいますぜ」

アルベールはわなわなと震えていたが、何かがぷちんと切れた声で叫んだ。

「かまわん！　やれ！」

傭兵《ようへい》は雇い主の命令を忠実に実行した。

大きな氷の矢が、オリヴァンめがけて飛んだそのとき……。その矢を、別の角度から飛んできた矢がはじき返す。

「誰《だれ》だッ！」

すっと物陰から現れたのは、紺色のマントに身を包んだ、青髪の小柄な少女。

タバサであった。

歴戦の傭兵であるセレスタンは一瞬で相手の実力を見抜き、目を細めてつぶやいた。

「名乗れ」

「ガリア花壇騎士、タバサ」

「セレスタン！　こいつだ！　こいつがぼくたちに恥をかかせたんだ！　やっちまえ！」

セレスタンは雇い主の少年を、冷ややかな目で見つめた。

「黙ってろ」

「なんだと！」

「花壇騎士と聞いちゃ黙っちゃいられねえ」

「…………」

タバサは無言で杖《つえ》を構えた。

「なあお嬢さん、北花壇騎士《シユヴアリエ・ド・ノールバルテル》って知ってるか？　お前たち花壇騎士とは違って、陽《ひ》のあたらねえ場所を歩く、騎士とはいえねえ騎士さ」

「…………」

「俺《おれ》も元、その〝北花壇騎士〟だ。お前ら花壇騎士とワケあって揉《も》めて首になって、今はこのとおりのしがねえ傭兵《ようへい》暮らしさ」

「命令はぼくが下す！」

アルベールが叫んだ。

「ぼっちゃん。こいつは料金外でいい。なにせこりゃ、〝騎士《シユヴアリエ》〟の決闘だからな」

そうつぶやくと、セレスタンは杖を構えた。

伝統のガリア花壇騎士の構えであった。

「セレスタン・オリビエ・ド・ラ・コマンジュ。参る」

ぶおッ！　と空気が膨れ上がり、巨大な火炎の球となる。

〝炎球《フレイム・ボール》〟の呪文《じゅもん》だ。

トライアングル・クラスの炎球が、猛烈な勢いでタバサを襲う。

さけても相手を正確にホーミングする、恐るべき炎の球である。

タバサはよけるそぶりすら見せず……、自分にぶつかる瞬間、杖を振った。

〝炎球《フレイム・ボール》〟は縦に割れた。

タバサの作り出した、氷結した水蒸気の刃《やいば》が裂いたのだ。

炎が溶けた水とぶつかりあい、ジュッ！　と音を立て、炎球《フレイム・ボール》は消滅する。あとには白い水蒸気がもうもうと立ち込めた。

セレスタンは笑みを浮かべた。

「温室育ちの花壇騎士さまにしちゃ、やるじゃねえか。昨今の花壇騎士さまときたら、どいつもこいつも親の七光りで叙された、能無しばかりだからなあ」

そのセレスタンを風の刃が襲う。

体術と、〝レビテーション《浮揚》〟を駆使した動きで、セレスタンはタバサの刃をかわした。

「でもな、北花壇騎士は違うぜ？　名誉とは縁がねえ分、その実力は折り紙つきだ。それに、こんなこともできる」

セレスタンは、呪文を唱えた。倒れたオリヴァンめがけて、炎の球が飛ぶ。

タバサはそちらに〝ウィンディ・アイシクル〟を放った。

炎の球と氷の矢がぶつかり、ジュッと音を立て両方とも消える。

一瞬、オリヴァンに気を取られたタバサの隙《すき》をセレスタンは見逃さない。ついで放たれた炎の球は、タバサめがけて飛んだ。

「イル・フル・デラ・ソル・ウィンデ」

驚くべき速度でタバサは〝フライ〟を唱え、空中に逃げる。先ほどまでタバサがいた地点で、炎の球は爆発し、炎のかけらがタバサを襲った。

マントが青い髪が、わずかに焦げる。

地面に着地して、隙をうかがう。長く空中にはいられない。その分、精神力を消耗するからだ。

「どうだい？　倒れたやつを狙《ねら》うなんざ、外面を気にするお前たち花壇騎士にはできねえ芸当だろ？」

次々にセレスタンは炎を飛ばす。

タバサは防戦一方に追い詰められた。

笑みを浮かべて、まるで手毬《てまり》を放《ほう》るような気安さで、炎の球を繰り出しながらセレスタンは言った。

「おいおいどうした？　俺《おれ》なんか北花壇騎士《シュヴァリエ・ド・ノールパルテル》の中じゃ、弱いほうなんだぜ？　〝七号〟って呼び名の、北花壇騎士の噂《うわさ》を聞いたことがあるか？　お前みてえな風の使い手でな、そいつの作り出す雪と風が入り混じった嵐は、あらゆる炎を消し止めるって噂だ。そいつの〝風〟に比べたら、お前の〝風〟なんかそよ風だよ！　花壇騎士さまよ！」

しゃべりながらセレスタンは先ほど完成させていた呪文《じゅもん》を解放する。言葉の間に、ルーンを挟んでいたのだった。

巨大な炎の嵐が、杖《つえ》の先から舞い起こる。

回転する竜巻のような炎が、タバサを押し包もうとした。

その瞬間……。

ぶおッ！

閃光《せんこう》と共に、タバサの周りに蒼《あお》い渦が巻き起こる。

まさに天空を目指す竜のように渦は駆け上る。

氷の粒を含んだ風の渦。タバサの青い髪が、猛《たけ》りくるう風で乱れた。

〝アイス・ストーム〟

氷の粒……、〝雪〟を含んだ風と水が織り成すトライアングル・スペル。

襲いかかる炎の嵐を、一瞬で雪風の渦が飲み込んだ。

その雪風の渦に巻かれて、タバサの姿が掻《か》き消える。

「ちッ！」

風を吹かせて雪粒をとばし、視界を確保しようとした瞬間……。

小柄なタバサが、一瞬で距離を縮めて自分の懐に潜り込んでいることに気づき、セレスタンは絶句した。

〝フライ〟で潜り込んだのだ。

「は、はぇ……」

そうつぶやくと同時に、腹に巨大な空気の球がぶつかる。

タバサが突き出した手のひらから生み出された、〝エア・ハンマー〟の呪文《じゅもん》が、腹部に炸裂《さくれつ》したのだ。

その衝撃で、セレスタンの意識は遠のく。

地面に崩れ落ちる瞬間、タバサの呪文の使い方が、まともな騎士の唱え方ではないことに気づく。

小さく、敵に唇の動きを見せずに唱える呪文……。

まさに実戦一辺倒。

そして自分の炎の嵐を一瞬で消し止めた、あの〝アイス・ストーム〟の威力。

「あの雪風……。お前〝七号〟……」

なにがなにやらわからず呆然《ぼうぜん》としているアルベールたちに、タバサは向き直った。

「ちょ……」

怯《おび》えてあとじさるアルベールたちに、タバサは淡々と告げた。

「決闘は引き分け。それで手打ち」

アルベールたちは何度も頷《うなず》くと……、ほうほうの体《てい》で逃げ出していった。

タバサは倒れたオリヴァンには目もくれず、アネットのほうに近づいた。腹が焼け焦げ、ひどいことになっている。

二言、三言、タバサがルーンをつぶやくと……、アネットの身体《からだ》は縮み、小さな魔法人形の姿になった。

それは、イザベラからもらった、血を吸ったものに化けることのできる魔法人形……。

〝スキルニル〟であった。

それをポケットにねじ込むと、タバサは振り返る。

そこに、アネットが立っていた。

タバサが振り向いたことに気づくと、アネットは何度も頭を下げた。タバサはそれには何も答えずに、空に向かって口笛を吹く。

タバサの甲高い口笛が青空にとけ……、風韻竜《ふういんりゆう》の羽ばたきが聞こえてきた。


オリヴァンが目を覚ますと、すでに夜更けだった。

起き上がろうとして、身体中が痛むことに気づき顔をしかめる。なんともひどい怪我《けが》であった。痛む身体を騙《だま》して、オリヴァンは立ち上がろうとしたが……、足が折れていて立てないことに気づく。

オリヴァンは這《は》いながら、アネットを探した。

すると……、暗がりに立ってこちらを見下ろしている、誰《だれ》かの足が見えるではないか。

恐る恐る、オリヴァンは顔を上げた。

「まあ、ひどい怪我《けが》!」

そこにいたのはアネットであった。

オリヴァンは信じられない、というように首を振る。

「何をなさったんです? まぁ! これは旦那《だんな》さまのマントじゃありませんか! 叱《しか》られますよ! もう!」

「……アネット?」

「送ってさしあげます。ほら、お屋敷に帰って、早く手当てしないと……」

アネットは、しゃがんでオリヴァンに背中を向けた。わけがわからずに、オリヴァンはその背にしがみついた。

「お前……、確か、あの傭兵《ようへい》メイジの炎の球でやられて……」

アネットは笑いながら言った。

「ぼっちゃまは夢を見ていたんですよ」

「……夢?」

「ええ、悪い夢です。これから、目を覚ませばいいだけの話ですわ」

オリヴァンはしばらく黙っていたが……、ぽつりと、悔しそうにつぶやいた。

「そっか夢か。でもぼく、負けちゃったよ」

「負けちゃいましたね」

「アネット、ぼく、悔しいよ……」

「負けると悔しい。勉強になったじゃありませんか」

オリヴァンは頷《うなず》いた。

それから小さな声で、ぼく学院に通うよ、と言った。


二つの月が照らす夜空を、シルフィードは飛んだ。

背中に主人であるタバサを乗せて。

「きゅいきゅい！　さすがお姉さまね！　初めは、おかしくなったと思ったけど……、ちゃんと計画があったのね！　きゅい！」

タバサは黙ったまま、何も答えない。

でも、そんなのはもう慣れっこなので、シルフィードはおしゃべりを続けた。

「でも、よく知ってたわね！　〝スキルニル〟の使い方なんて！」

タバサは黙って、本をシルフィードの目の前に突き出した。

そこには『古代の魔道具』と、タイトルが書かれている。

「なるほど！　お姉さまの読書も、たまには役に立つってわけね！」

それからシルフィードは、ちょっと責めるような口調になった。

「でも……、やっぱりあんなわがまま坊や、助けることなんてなかったと思うわ！　どうしてお姉さまは助けようなんて思ったの？」

タバサはやっとのことで口を開いた。

「寂しい人だから」

「どうしてそれが、お姉さまが助けなきゃならない理由になるの？」

「わたしと同じだから。寂しさを埋めるものがわからなくって、悶《もだ》えてる。ただ、表に出るものが違うだけ」

シルフィードは黙ってしまった。

タバサのポケットに入っている〝スキルニル〟を思い出す。

血を吸った対象と、寸分たがわぬ姿になる人形……。

あんな風にそっくりの姿同士なら、『わたしと同じ』という理由もわかる。

でも、オリヴァンとタバサはまったく違う。性格も、容姿も、すべて似ても似つかない。

それでどうして『わたしと同じ』などと言うのだろうか？

いくら考えてもシルフィードにはわからない。

わからないけど……、このご主人さまの力になれればいいな、とシルフィードは思った。

なぜなら、このタバサは、シルフィードが知っている誰《だれ》より優しいから。

もしかしたら、自分の竜の一族の誰より……、優しいかもしれないから。

シルフィードは一声鳴くと、トリステインを目指して力強く羽ばたく。

そしてつまらぬおしゃべりを続けながら、心の中で、『いつかお姉さまの寂しさとやらがまぎれればいいな』と、そんな風に思った。

翌日……。

トリステイン魔法学院に帰ってきたタバサは、自分の部屋で本を読んでいた。

タバサにとって、この時間は至福のときである。

しかし……、猛烈な勢いで扉がノックされる。〝サイレント〟の呪文《じゅもん》をかけて、音を消したが……、訪問者は遠慮なく飛び込んできた。

誰かと思えば友人のキュルケである。

しかたなく、タバサは『サイレント』の魔法を解いた。

いきなりスイッチを入れたオルゴールのように、キュルケの口から言葉が飛び出した。

「タバサ。今から出かけるわよ！　早く支度をしてちょうだい！」

キュルケはタバサの手から本を取り上げる。

タバサは短くぼそっとした声で自分の都合を友人に述べた。

「虚無の曜日」

それで十分であると言わんばかりに、タバサはキュルケの手から本を取り返そうとした。

キュルケは高く本を掲げた。背の高いキュルケがそうするだけで、タバサの手は本に届かない。

「わかってる。あなたにとって虚無の曜日がどんな曜日だか、あたしは痛いほどよく知ってるわよ。でも、今はね、そんなこと言ってられないの。恋なのよ！　恋！」

タバサは首を振った。どうしてそれで、自分が行かねばならぬのか、理由がわからなかったのだった。

「そうね。あなたは説明しないと動かないのよね。ああもう！　あたしね、恋したの！　でね？　その人が今日、あのにっくいヴァリエールと出かけたの！　あたしはそれを追って、二人がどこに行くのか突き止めなくちゃいけないの！　わかった？」

タバサは首を横に振った。まだ理由がよく飲み込めないからである。理由を飲み込めぬ以上、受けるわけにはいかない。それは失礼というものである。

「出かけたのよ！　馬に乗って！　あなたの使い魔じゃないと追いつかないのよ！　助けて！」

そう叫んでキュルケはタバサに泣きついた。

タバサはやっとのことで頷《うなず》く。

自分の使い魔じゃないと追いつかない。なるほど、と思った。

「ありがとう！　じゃ、追いかけてくれるのね！」

タバサは再び頷く。

キュルケは友人である。友人が自分にしか解決できない頼みを持ち込んだ。ならばしかたがない。面倒だが受けるまでである。

タバサは窓を開け、口笛を吹いた。

ピューっと、甲高い口笛の音が、青空に吸い込まれる。

ばっさばっさと、遠くからシルフィードが飛んでくるのが見えた。

その使い魔の姿と、恋したのよ！　と本気かどうかわからない繰言をまくし立てる友人を見つめ……、タバサはぼんやりと思う。

この学院に暮らすようになって初めて知ったこと……。

誰《だれ》かに必要とされることは、嬉《うれ》しいことなのだ。

あとがき

　この小説は、携帯電話のコンテンツに連載されたものです。携帯で小説が読めるなんて、いい時代になりましたね。これからはこういった電子媒体で本を読むことが普通になるんでしょうか。携帯の画面と、紙媒体では、読んだときの印象がちょっと違う気がします。具体的にいうと、携帯は一画面の文字が少ない。本は多い。つまり携帯コンテンツでは入ってくる情報量が少なくなり、読書に支障をきたすのではないだろうか、との不安が生まれました。そこでぼくは思いました。だったら、一画面の文字数を少なくしたらどうだ？と。具体的にいうと、極端に助詞を省きました。次に形容詞を省きました。副詞もいらないなと思い、省きました。その次にイベントを省きました。ストーリーもどうかと思ったので、思い切って省きました。セリフもいらないと判断して省きました。タバサという女の子は、その試みに適したヒロインでした。何せ、しゃべらないからです。

　そんな風に省きまくってできあがった小説は、たった一行、こう書かれていました。

〝タバサ、がんばる〟

　これはある意味、比類なき実験小説です、と自信たっぷりに担当氏に見せたところ、消火器で殴られたのでこうやって一冊にすることができました。助詞も副詞も形容詞もストーリーも全部小説に必要なのだ、と右脳で理解できた一瞬でした。

この『タバサの冒険』は、女の子が冒険するお話です。ぼくは魔法使いと、女の子が好きなので、その二つが組み合わさった少女が、淡々と事件を解決していく物語は、書いていて楽しかったです。タバサという少女は、本編のルイズにも負けず劣らずの〝想《おも》い〟を秘めた少女です。〝想い〟は呪文《じゅもん》となり、彼女に立ち向かう困難を凍てつかせ、彼女の前に道を開きます。そう、タバサもまた、〝ゼロの使い魔〟という冒険物語を切り開くべきヒロインなのです。そんなヒロインをまた作り出すことができて、ぼくは幸せだと思います。

最後になりましたが、携帯コンテンツの担当である宮木《みやき》さん、ありがとうございます。彼の携帯小説にかける意気込みは本物だと思います。いつも苦労をおかけしているMF担当の佐藤《さとう》さん、ありがとうございます。彼女の的確なアドバイスは、足りない部分をいつも補ってくれています。今回も素敵なイラストで、新しいゼロの使い魔の世界を彩ってくれた兎塚《うさつか》さん、ありがとうございます。氏のイラストは、いつもゼロの使い魔の世界を広げてくださいます。

そして読者の皆さん、ありがとうございます。もう一つのゼロを、どうぞよろしくお願いします。

ヤマグチノボル

タバサはルイズと同じくらいか、
それ以上に好きなキャラなので
「タバサの冒険」では沢山タバサを
描くことができて嬉しいです！
兎塚的見所はタバサとシルフィードの
掛け合いでしょうか。
（掛け合いといっても一方的に
シルフィードがしゃべってる
感じですが・・・）
あんなにシルフィードが
しゃべるとは・・・。
それにしてもタバサは毎回
命がけのミッションを
こなしていたんですね。
あれだけ場数を踏んでいれば
タバサが強いのも
うなずける話です。
余談ですが本作では
タバサの白タイツが
白ニーソになってます。
外伝ということもあり
（編集さんのご意向もあり）
変化をつけてみましたが
皆さんは気づきましたか？

2006. 9　　　兎塚　エイジ

この作品は、携帯サイト「最強☆読書生活」にて連載されていたものです。

ゼロの使い魔 外伝
タバサの冒険

発行　2006年10月31日　初版第一刷発行
2007年 6 月29日　第九刷発行

著者　ヤマグチノボル

発行人　三坂泰二

発行所　株式会社
メディアファクトリー
〒104-0061
東京都中央区銀座 8 - 4 -17
電話　0570-002-001
03-5469-3460（編集）

印刷・製本　株式会社廣済堂

Printed in Japan
ISBN 978-4-8401-1726-5 C0193

MF文庫 J

ファンレター、作品のご感想は

あて先:〒150-0002　東京都渋谷区渋谷3-3-5　モリモビル
メディアファクトリー　MF文庫Ｊ編集部気付
「ヤマグチノボル先生」係　「兎塚エイジ先生」係